Peter Constantine

A sucht B

Die Blutgruppe als Schlüssel
zu Ihrer Persönlichkeit und zu
Ihrem ganz persönlichen Glück

Aus dem Englischen von
Nicole Hölsken

Scherz

Über den Autor

Peter Constantine ist Biopsychologe und Autor mehrerer
Bücher über den Fernen Osten und Japan.
Er veröffentlicht regelmäßig Beiträge in *The New Yorker*
und *Harvard Magazine*.

Die Erstausgabe erschien unter dem Titel
«What's your Type?» als Plume Book
bei Penguin Books USA, New York

Erste Auflage 1998
Copyright © 1997 by Peter Constantine
Alle deutschsprachigen Rechte
beim Scherz Verlag, Bern, München, Wien.
Alle Rechte der Verbreitung, auch durch Funk,
Fernsehen, fotomechanische Wiedergabe,
Tonträger jeder Art und auszugsweisen
Nachdruck, sind vorbehalten.
Umschlaggestaltung: Bernd und Christel Kaselow, München.

Inhalt

Einleitung

Wußten Sie, daß Ihre Blutgruppe – A, B, 0 oder AB – darüber bestimmt, wie Sie denken, fühlen, arbeiten und lieben?

Wissenschaftler haben nachgewiesen, daß zwischen der Persönlichkeit eines Menschen und seiner Blutgruppe ein Zusammenhang besteht. Jede Gruppe weist grundlegende Merkmale auf, die sich auf jeden Lebensaspekt auswirken. Ihre Blutgruppe beeinflußt, wie Sie lernen, lieben, mit Menschen und mit Geld umgehen.

Wir alle haben uns wohl schon einmal die eine oder andere der folgenden Fragen gestellt:

> Warum fühle ich mich unsicher, wenn ich unter Menschen bin, die ich nicht kenne? Warum verstehe ich mich mit einem bestimmten Menschen einfach nicht? Warum erledigt sie oder er alles im Nu und ich nicht?

Warum ist gerade er oder sie so erfolgreich?
Warum mache ich mir solche Sorgen um
finanzielle Angelegenheiten?

Die Antworten auf diese und viele andere Fragen «liegen uns im Blut».

Seit über fünfundsechzig Jahren haben Wissenschaftler und Biopsychologen Tausende
von Menschen beobachtet, und das Ergebnis
ihrer Forschungen zeigt klar und deutlich, daß
unsere Wesensmerkmale etwas mit unserer
Blutgruppe zu tun haben, und wir sie von einer
Generation zur nächsten vererben. Wenn Ihre
Eltern beide der Blutgruppe A angehören,
dann ist das auch Ihre Blutgruppe – und bei
näherem Hinsehen werden Sie feststellen, daß
Sie Ihren Eltern tatsächlich sehr ähnlich sind.
Wenn die Blutgruppe Ihrer Mutter AB und die
Ihres Vaters 0 ist, dann haben Sie entweder die
Blutgruppe A oder B und sind in Ihrer ganzen
Wesensart völlig anders. «Blut», sagt der japa-
nische Experte Toshitaka Nomi, «ist mehr als
nur das Lebenselixier, das Sauerstoff und an-
dere notwendige Nährstoffe durch unsere Blut-
gefäße transportiert.»

Dieses Buch erläutert, ausgehend von den

Blutgruppen, wie Sie und Ihre Mitmenschen denken, fühlen und handeln. Jedes Kapitel befaßt sich mit einem bestimmten Lebensbereich und erforscht die Verhaltensweisen, Stärken und Schwächen, die mit den einzelnen Blutgruppen in Verbindung stehen. Vertreter der einzelnen Blutgruppen erzählen über ihre Hoffnungen und Ängste und davon, wie sie arbeiten, spielen und lieben, wie sie Leute kennenlernen und sich in Beziehungen verhalten. Aussagen von Biopsychologen aus Frankreich, der Schweiz, Deutschland, Japan und China liefern den wissenschaftlichen Hintergrund.

Mit jedem Kapitel werden Sie besser verstehen, welche Merkmale und Eigenschaften mit bestimmten Blutgruppen verbunden sind, und mit der Zeit werden Sie erkennen, welcher Mensch welcher Blutgruppe angehört. Als ich während der achtziger Jahre Recherchen für meine Bücher zum Thema Japan anstellte, war ich immer wieder verblüfft darüber, daß die Japaner – manchmal nur wenige Minuten, nachdem sie mich kennengelernt hatten – meine Blutgruppe errieten.

Auch in bezug auf Blutgruppen gilt das Prinzip: Wissen ist Macht. Zu verstehen, warum Sie sich in einer gewissen Situation unbehaglich fühlen, warum ein Freund sich plötzlich von Ihnen abwendet oder ein Fremder Sie sympathisch findet, macht Ihnen das Leben leichter.

Zunächst aber wollen wir uns der Frage zuwenden, wie alles begann:

1901 entdeckte Dr. Karl Landsteiner, dem später der Nobelpreis verliehen wurde, die vier Blutgruppen und revolutionierte damit die Biochemie. Von diesem Zeitpunkt an konnte man Bluttransfusionen durchführen, ohne Gefahr zu laufen, miteinander unverträgliche Blutgruppen zu kombinieren. 1910 begannen die Wissenschaftler von Dungern und Hirszfeld damit, das Blut genetisch zu erforschen. Ihnen gelang es, die Vererbungsmuster zu identifizieren, nach denen eine Blutgruppe von den Eltern an die Kinder weitergegeben wird, und zwar, indem sie die unabhängigen Genpaare isolierten, die dafür verantwortlich sind.

Der japanische Psychologe Takeji Furukawa stellte als erster eine Verbindung zwischen der Persönlichkeit und der Blutgruppe eines Menschen her. 1931 trat er mit seinen Erkenntnissen an die Öffentlichkeit. Unabhängig davon hatte

Dr. K. Fritz Schaer in der Schweiz damit begonnen, den Zusammenhang zwischen Persönlichkeit und Blutgruppe zu erforschen.

Die Blutgruppenpsychologie hat seit ihren Anfängen große Fortschritte gemacht. Interessanterweise hat sie sich im Osten und im Westen in verschiedene Richtungen entwickelt.

In Europa, Südamerika und den Vereinigten Staaten bleibt die Blutgruppenbiopsychologie streng auf den medizinischen Bereich beschränkt. Wer im Westen an diesem Thema interessiert ist, muß sich durch wissenschaftliche Zeitschriftenartikel über Hämatologie (der Lehre von den Blutkrankheiten), Psychiatrie, Immungenetik und Serologie (Lehre von den immunologischen Eigenschaften der Blutflüssigkeiten) kämpfen.

Im Osten hingegen, also in Japan und China, ist die Blutgruppenpsychologie von allgemeinerem Interesse. Wenn Sie einen Japaner fragen: «Ich gehöre der Blutgruppe AB an. Was denken Sie darüber?», so wird er Ihnen ein klares Bild Ihres Charakters zeichnen. Und Sie werden sich wahrscheinlich darüber wundern, daß ein völlig Fremder Sie derart durchschauen und Ihre Stärken und Schwächen kennen kann.

Die Japaner werden seit den siebziger Jahren durch Hunderte von populärwissenschaftlichen Büchern über die neuesten Entwicklungen auf dem Gebiet der Blutgruppenpsychologie auf dem laufenden gehalten. Was im Westen der Hämatologie und Psychiatrie vorbehalten blieb, wurde in Japan einfach und verständlich formuliert. In den letzten zwanzig Jahren haben sich insbesondere Masahiko Nomi und sein Sohn, Toshitaka Nomi, um die Blutgruppenpsychologie verdient gemacht. Sie haben Frauen und Männer jeden Alters über den ganzen Tag hinweg bei sämtlichen Aktivitäten beobachtet. Ihr Urteil: Ihre Blutgruppe wirkt sich auf *alles*, was Sie tun, aus – von der Art und Weise wie Sie kochen über die Liebe bis hin zum Golfspielen.

In vielerlei Hinsicht jedoch sind die Forschungsergebnisse westlicher Spezialisten zu diesem Thema erheblich präziser als die der Japaner. Während Masahiko und Toshitaka Nomi eher populären Fragestellungen nachgehen, wie z. B. der, warum die meisten Küchenchefs in Tokio der Blutgruppe B angehören, beschäftigen sich die westlichen Experten vornehmlich auf rein wissenschaftlich-medizinischer Ebene mit dieser Thematik.

Im Augenblick befassen sich westliche Wissenschaftler vornehmlich mit der Frage, wie sich die Blutgruppe auf Angewohnheiten wie Rauchen und Trinken oder auf die Anfälligkeit für Krebs auswirkt.

Wie Sie sehen, handelt es sich bei der Blutgruppenpsychologie also durchaus um eine ernstzunehmende Wissenschaft, was sicher dazu beigetragen hat, daß die Japaner ein so reges Interesse an dieser Thematik entwickelt haben. Es gibt klare statistische und sogar klinische Beweise, die die kursierenden populärwissenschaftlichen Theorien untermauern. Die Japaner behaupten, daß die Theorien der Astrologie, der Enneagramme und selbst der Jungschen Charaktertypologie nur allzu oft auf Vermutungen basieren.

Welchen Beweis gibt es dafür, fragte mich eine japanische Bekannte, ob Jungfrau und Stier zusammenpassen oder nicht, oder ob sie sich auf diese oder jene Weise verhalten? «Bei den Blutgruppen», fügte sie hinzu, «steht die Persönlichkeit im wesentlichen fest. Wenn Ihre Blutgruppe 0 ist, dann *haben* Sie auch die Charaktereigenschaften der Blutgruppe 0 – da gibt es kein Entkommen!»

Der Anteil der einzelnen Blutgruppen inner-

halb der Bevölkerung ist von Land zu Land
verschieden. In den Vereinigten Staaten und
Großbritannien zum Beispiel gehören vier von
zehn Menschen der Gruppe 0 und drei von
zehn der Gruppe A an. In Japan und Deutschland hingegen haben vier von zehn die Blutgruppe A und drei von zehn die Blutgruppe
0. Experten behaupten, daß dies einer der
Hauptgründe dafür ist, warum man Menschen
so leicht als «typischen Amerikaner» oder «typische Japanerin» qualifiziert. Der französische
Experte Gille-Maisani geht sogar so weit, daß
er die Blutgruppe 0 mit dem «American Way of
Life» gleichsetzt.

In den Vereinigten Staaten und Großbritannien gehört nur etwa einer von zehn Menschen
der Blutgruppe B an, während in Nordindien
36 Prozent der Bevölkerung die Blutgruppe B
haben. Die seltenste Blutgruppe ist AB. In Ame-
rika gehört nur einer von fünfundzwanzig
Menschen dieser Blutgruppe an. Wie dieses
Buch zeigen wird, heben sich Vertreter der
Blutgruppe AB deutlich von der Masse ab.

Außer den Blutgruppen selbst existieren im
Hinblick auf die Zusammensetzung des Blutes
noch zahlreiche erheblich weniger deutlich zu
erkennende Unterscheidungsfaktoren. Wenn

Ihr Arzt Ihnen Blutgruppe A bescheinigt, so brauchen Sie sich um weitere Informationen nicht zu kümmern. Tatsächlich aber gehören Sie vielleicht einer der seltenen Untergruppen an: A_3, A_4, A_5 oder den noch selteneren Gruppen A_x, A_m, A_o, A_{E1}.

Sie könnten außerdem den Rhesusfaktor + oder – haben. Einige Blutexperten meinen, daß RH+ die psychologischen Merkmale verstärkt, während RH– sie abschwächt. Zur Zeit wird der Rhesusfaktor intensiv erforscht.

Dieses Buch will in allgemein verständlicher Form eine Brücke zwischen wissenschaftlich-hämatologischer Forschung einerseits und den populärwissenschaftlichen Erkenntnissen japanischer Literatur zum Thema Blutgruppentheorie andererseits schlagen und wird seine Leser damit hoffentlich überraschen und auch unterhalten.

Kapitel 1
Das Who's Who der einzelnen Blutgruppen

Die Blutgruppe A

Das Hauptmerkmal eines Angehörigen der Blutgruppe A ist seine Ruhe und Gelassenheit. In einer Krise bleibt er gefaßt und unerschütterlich, und er ist es, der die Führung übernimmt, wenn die Vertreter anderer Blutgruppen aus der Fassung geraten.

Menschen, die mit einem Angehörigen der Blutgruppe A zu tun haben, bewundern dessen Stärke. Wenn rasch eine Entscheidung getroffen werden muß, bewahrt er einen kühlen Kopf.

Vertreter der Blutgruppe A sind gleichzeitig aber manchmal eher introvertiert, weil sie tief im Inneren schüchtern oder verletzlich sind. Diese Eigenschaft ist bei manchen Angehörigen der Gruppe A stark ausgeprägt, während sie bei anderen kaum wahrnehmbar ist.

Der A-Typus fühlt sich in Gesellschaft anderer häufig unwohl, kämpft aber gegen diese Gefühle an, weil er den dringenden Wunsch hat, sich in die Gesellschaft einzugliedern. Er will sich anpassen und sucht nach Harmonie.

Die Tatsache, daß das Verhalten des Betreffenden durch diese Grundstimmung geprägt wird, kann sich gleichermaßen zu seinem Vorteil wie zu seinem Nachteil auswirken. Er mißt dem, was andere über ihn denken, oft übermäßige Bedeutung zu und macht sich häufig große Sorgen darüber. Er fragt sich: «Was wird man von mir denken, wenn ich das tue?» oder «Was wird man von mir halten, wenn ich sage, daß ...?»

Die französische Psychologin Léone Bourdel weist darauf hin, daß die Vertreter der Blutgruppe A deshalb so gelassen wirken, weil sie nach sozialer Harmonie streben. Von allen Blutgruppen bemüht sich die Gruppe A am meisten darum, akzeptiert zu werden, sich anzupassen, geliebt zu werden. In ihrem Buch *Blutgruppe und Temperament* schreibt sie: «Die Blutgruppe A paßt sich selektiv an. Ihr Leben und Fühlen ist von der beständigen Suche nach Harmonie mit ihrer Umgebung geprägt. Demzufolge handelt es sich um Menschen, die auf

Veränderungen in der Umwelt besonders sensibel reagieren.»

Anders formuliert, die Blutgruppe A neigt dazu, sich zurückzuziehen, wenn Unstimmigkeiten einen reibungslosen sozialen Kontakt behindern.

Die Blutgruppe A ist aufgrund ihres Strebens nach sozialer Harmonie die höflichste, zeitweise ist sie sogar übertrieben förmlich. Vertreter der Blutgruppe A versuchen ständig herauszufinden, was die Menschen um sie herum fühlen, denken und wollen, damit sie entsprechend handeln können. Mit dieser Höflichkeit versuchen sie im Grunde genommen, sich selbst zu schützen, ihre übermäßig empfindsame Persönlichkeit abzuschirmen.

Viele Angehörige der Blutgruppe A haben jedoch das Gefühl, daß sie trotz ihrer intensiven Bemühungen nicht völlig in der Gemeinschaft aufgehen oder sich integrieren können. Von Zeit zu Zeit hegen sie Gedanken wie: «Niemand versteht mich.» Oder: «Niemand akzeptiert mich so, wie ich bin.»

Obwohl viele Vertreter des Typus A von sich sagen, daß sie den zwischenmenschlichen Kontakt suchen, meiden sie von Natur aus Gruppen und Gruppenaktivitäten. Mit anderen

Worten, sie fühlen sich am sichersten, wenn sie allein sind.

Kein Wunder, daß diese Blutgruppe von widersprüchlichen Kräften in verschiedene Richtungen gezogen wird. Einerseits wird der Vertreter der Blutgruppe A energisch danach streben, gesellschaftlich akzeptiert zu werden und an gesellschaftlichen Aktivitäten teilzunehmen, während er es andererseits ebenso eifrig vermeiden wird, es zuviel mit Menschen zu tun zu haben.

Angehörige der Blutgruppe A gehen jedem Mannschaftssport, wie etwa Baseball, Basketball oder Fußball, aus dem Weg. Sie bevorzugen Schwimmen, Gymnastik, Laufen oder Sportarten, bei denen sie nur einem Gegner gegenüberstehen, wie zum Beispiel beim Tennis oder Golf.

Jeder Aspekt im Leben eines Vertreters der Blutgruppe A wird davon geprägt, daß er im Grunde allein sein will. Er liebt die Natur, schätzt es, auf einen Berg oder über Wiesen und Felder zu wandern. Diejenigen, die gerne in der Stadt leben, fühlen sich in der anonymen Menge sicher. Im allgemeinen ziehen es Vertreter der Blutgruppe A jedoch vor, im Vorort oder auf dem Land zu leben – fern allen Mas-

senandrangs. In ihrem Haus, in ihrem Lebensbereich können sie sich zurückziehen. Sie brauchen ein eigenes Zimmer, das sie als ihr Re-
fugium betrachten können, und in ihrem Haus
pflegen sie gerne die Privatsphäre. Ihr Wohnzimmer ist ein Wohnraum und keineswegs ein
Zimmer, in dem man viele Gäste empfängt.

Eines der hervorragendsten Merkmale eines
Angehörigen der Blutgruppe A ist sein Verantwortungsbewußtsein. Wenn er das Gefühl hat,
etwas unternehmen zu müssen, dann tut er es
auch. Die Vertreter dieser Blutgruppe gelten
daher als äußerst zuverlässig. Dieses Verantwortungsbewußtsein kann sich jedoch auch in
Schuldgefühlen äußern. Die Blutgruppe A
denkt allzu häufig darüber nach, was sie tun
«sollte»: Ich sollte jetzt folgendes erledigen! Ich
sollte jetzt wirklich gehen! Ich sollte diesen
oder jenen Menschen anrufen!

Häufig wird diese Blutgruppe als pessimistisch bezeichnet, weil sie sich nicht so schnell
neuen Ideen oder Situationen anpassen kann.
Konfrontieren Sie den Durchschnittsvertreter
der Blutgruppe A mit einem neuen Plan, dann
wird er zunächst zögern, das Vorhaben anschließend analysieren und begründen, was
falsch daran ist.

Hinter der sorgfältigen und umsichtigen Art verbirgt sich aber auch ein großes Ausmaß an Kreativität. Unverhältnismäßig viele Künstler gehören der Blutgruppe A an. Hinter der gelassenen Schale verbirgt sich ein außerordentlich gefühlsbetonter Kern, dessen überschäumende Energie sich in Malen, Schreiben, dem Umgestalten eines Zimmers oder dem Ausprobieren eines neuen Rezepts entlädt.

Die Angehörigen der Blutgruppe A entwikkeln die meiste Energie, wenn sie ihrer Kreativität freien Lauf lassen können. Zunächst scheinen sie dann in der Lage zu sein, Berge zu versetzen. Aber natürlich: Der Schwung, den die Blutgruppe A aufbringen kann, ist nicht grenzenlos. Es kommt die Zeit, in der sie wieder langsamer treten muß. Phasen der Passivität sind für diese Blutgruppe äußerst wichtig, damit sie sich regenerieren kann. Unweigerlich beginnt ihre Energie dann bald wieder zu fließen, und das mit unerwarteter Kraft.

Ein Vertreter der Blutgruppe A hat ständig das intensive Bedürfnis, etwas zu leisten. Auf seine individuelle Weise ist er ein Perfektionist, der den Erfolg braucht, egal was er tut.

Außerdem besitzt er einen ausgesprochenen Sinn für Schönheit und Harmonie.

Angehörige der Blutgruppe A sind empfänglicher und aufgeschlossener für Kunst als andere Blutgruppen. Sie bringen ihre Verletzlichkeit innerhalb von sozialen Beziehungen auf künstlerische Weise zum Ausdruck.

Die Blutgruppe B

Angehörige der Blutgruppe B sind vernünftig, sachlich und pragmatisch. Sie organisieren gerne und sind praktisch veranlagt. Sie reparieren, bauen, gestalten, basteln und sind am glücklichsten, wenn alles reibungslos läuft.

Die Angehörigen dieser Blutgruppe sind Fachleute in dem, was sie tun. Aufgaben lösen sie gewissenhaft und vorsichtig: Sie bauen nie etwas ohne Betriebsanleitung zusammen und kochen nichts ohne Rezept. Bevor sie etwas in Angriff nehmen, verbringen sie mehr Zeit als andere damit, alles vorzubereiten. Sie machen Notizen, legen das nötige Werkzeug zurecht und überlegen sorgfältig, wie sie eine Aufgabe am besten angehen. Sie konzentrieren sich so intensiv auf das, was sie gerade tun, daß sie ihre Umgebung völlig vergessen. Deshalb besteht häufig ein krasser Widerspruch zwischen ihrem gut organisierten Arbeitsumfeld und der Unordnung und dem Chaos in allen anderen Bereichen. Aus diesem Grund werden Angehörige der Blutgruppe B oft als schlampig erlebt.

Ihr besonderes Markenzeichen ist ihre Tatkraft. Sobald sie sich ein Ziel gesetzt hat, strebt die Blutgruppe B es mit einem Nachdruck an, der schon fast an Fanatismus grenzt. Mit anderen Worten: Selbst wenn die Aussichten nicht besonders günstig sind, wird der Vertreter der Blutgruppe B verbissen weiter darum kämpfen, sein Ziel zu erreichen. Das Motto dieser Blutgruppe lautet: Wenn man einen Kurs gesetzt hat, muß man ihn bis zum bitteren Ende beibehalten.

Diese Veranlagung kann aber zu einem zweischneidigen Schwert werden. Im günstigsten Fall verleiht sie allem, was der Betreffende tut, unternehmerischen Schwung, der in aller Regel zum Erfolg führt, auch wenn die Chancen schlecht stehen. Im schlimmsten Fall manifestiert sie sich in einem Mangel an Einsicht und Flexibilität und trägt dazu bei, daß ein Projekt auf den Abgrund zusteuert.

Es ist daher verständlich, daß die Angehörigen der Blutgruppe B nicht besonders teamgeeignet sind. Besonders problematisch sind

Sportarten wie Fußball oder Handball, weil sich hier die Rebellion gegen die Gruppen-struktur besonders negativ auswirkt. Es geht der Blutgruppe B gegen den Strich, ihre Spiel-weise und Strategie der der anderen anzupas-sen. Am liebsten betreiben sie Sportarten wie Tennis, Gymnastik, Bodybuilding und Golf, bei denen der Spieler selbst für seine Manöver und Aktionen verantwortlich ist.

Der typische Vertreter der Blutgruppe B ist ein Individualist. Er versteht sich am besten mit Angehörigen seiner eigenen Blutgruppe, nicht weil er mit ihnen am besten harmoniert – selbst dafür ist sein Individualismus häufig zu stark –, sondern weil er sich durch seinen aus-geprägten Sinn für Eigenständigkeit leicht in andere Individualisten hineinversetzen kann.

Die Vertreter der Blutgruppe B sind eher un-beständige Freunde, weil sie von Natur aus un-abhängig sind. Ihre eigenen Anliegen haben oberste Priorität. Selbst zu bestimmen, was sie tun, ist besonders wichtig für sie. Oft kommt es sogar dazu, daß die Betreffenden ihre Umwelt durch ihre offene Art schockieren. Häufig weiß nur ein Vertreter der Blutgruppe B einen an-deren Vertreter dieser Blutgruppe richtig ein-zuschätzen. Wenn sie nicht unter ihresgleichen bleiben, fühlen sich Angehörige der Blutgruppe B am meisten zu nachgiebigen Menschen hingezogen, die bereit sind, sich ihnen unterzuordnen.

Ein interessantes Phänomen ist, daß viele religiöse Führer die Blutgruppe B haben. Weil die Vertreter dieser Blutgruppe besonders stark dazu neigen, Ziele hartnäckig zu verfolgen und sich nach Doktrinen und Dogmen zu richten, sind sie wohl die perfekten Kandidaten für religiöse Ämter – egal welchen Glaubens.

Angehörige der Blutgruppe B sind besonders eigenständig und wissen genau, was sie tun wollen und wie wichtig ihnen eine bestimmte Angelegenheit ist. Die Meinung anderer und Fragen wie «Was soll ich tun?» oder «Was erwartet man von mir?» sind für die Blutgruppe B weit weniger bedeutend als zum Beispiel für die Blutgruppe A. Die Blutgruppe B wird häufig dafür kritisiert, selbstbezogen und egozentrisch, ja sogar krankhaft selbstsüchtig zu sein.

Dieser Blutgruppe fällt es deshalb besonders schwer, Zeitpläne und Termine einzuhalten. Weil sie voll und ganz in einem Projekt aufgeht, verliert sie jedes Zeitgefühl. Hinzu kommt die Neigung, alles, was man begonnen hat, auch

beenden zu wollen. Dieses Ziel ist dem Betreffenden viel wichtiger, als sich seinen Mitmenschen gegenüber zuverlässig zu verhalten. Die
Blutgruppe B wird daher häufig beschuldigt,
«immer zu spät zu kommen», «unzuverlässig»
und «nicht vertrauenswürdig» zu sein. Viele
Angehörige der Blutgruppe B wirken dem mit
entschlossenen Maßnahmen, wie zum Beispiel
zu jedem Termin zehn Minuten zu früh zu erscheinen, entgegen.

Das Heim eines Vertreters der Blutgruppe B
ist für gewöhnlich vollgestopft mit praktischen
und nützlichen Dingen. Selbst die ordentlich-
sten Angehörigen der Blutgruppe B leben vorzugsweise in einer überladenen Umgebung.
Die Ursache dafür liegt darin, daß sie die Dinge, die sie täglich brauchen, immer greifbar haben wollen. Für den Betroffenen ist es unerheb-
lich, wie es in seiner Wohnung aussieht, die
Zweckmäßigkeit steht deutlich im Vorder-
grund. So werden auch persönliche Gegenstände eher nach ihrem Nutzen als nach ihrem de-
korativen Charakter ausgesucht.

Vertretern der Blutgruppe B sagt man nach,
daß sie sich selten amüsieren und sich allzu-
sehr ihrer Arbeit widmen. Unter Menschen, die
sie nicht kennen, fühlen sie sich oft unwohl.

Weil sie lieber ihren eigenen Weg gehen, verwandeln sie sich gewissermaßen in Einzelgänger – nicht wie der typische Angehörige der Blutgruppe A, der von Natur aus schüchtern ist, sondern weil sie es tief in ihrem Inneren bevorzugen, sich nicht von ihren Mitmenschen beeinflussen zu lassen.

Sentimentalitäten sind ihnen ganz und gar nicht geheuer. Haben sie ein Problem, so streben die Vertreter der Blutgruppe B nach einer nüchternen und sachlichen Lösung, selbst wenn es sich um eine persönliche Sache handelt. Im beruflichen Bereich wirkt sich das häufig vorteilhaft aus, aber im Familien- und Freundeskreis geht der Schuß häufig nach hinten los, und man hält sie für unsensibel und gefühllos.

Das Sozialverhalten der Blutgruppe B kann auf einen inneren Konflikt zwischen Impulsivität und Zurückhaltung zurückgeführt werden. Vertreter der Blutgruppe B treten gern ins Fettnäpfchen, weil sie keine Angst davor haben, ihre Meinung offen auszusprechen. Viele Menschen sind oft erstaunt darüber, wie direkt und naiv die Blutgruppe B Themen anschneidet, «über die man besser nicht spricht».

Die Angehörigen der Blutgruppe B werden

als «nachdenklich» bezeichnet, wobei der Geist das Gefühl kontrolliert. Ihr Innenleben wird von Gedanken und Prinzipien in Gang gehalten. Die Vertreter der Blutgruppe B werden von ihrer Umgebung häufig als kalt und förmlich, ja sogar asketisch beschrieben. Der Blutgruppe B scheint es nicht so wichtig «dazuzugehören», wie der Blutgruppe A. Die persönlichen Beziehungen der Blutgruppe B zu ihren Mitmenschen sind im allgemeinen reserviert und relativ kühl.

Die Blutgruppe 0

In den Vereinigten Staaten und Großbritannien kommt die Blutgruppe 0 am häufigsten vor – etwa vier von zehn Menschen gehören dieser Blutgruppe an. Die Vertreter der Blutgruppe 0 sind gesellig, tatkräftig, extrovertiert und schließen leicht Freundschaften.

Die Angehörigen der Blutgruppe 0 schwimmen mit dem Strom und ergreifen jede günstige Gelegenheit beim Schopf. Sie sind flexibler als die Angehörigen jeder anderen Blutgruppe, stürzen sich schnell auf ein neues Projekt oder jagen einer Idee hinterher. Verändern sich die

Umstände, legen die Vertreter der Blutgruppe 0 rasch eine andere Gangart ein und passen ihr Verhalten der neuen Situation an. Stehen die Aussichten schlecht, dann sind sie die ersten, die aussteigen. Im Gegensatz zur Blutgruppe B steht die Blutgruppe 0 nicht unter dem Zwang, etwas um jeden Preis beenden zu müssen. Das gibt ihren Projekten einen gesunden und realistischen Anstrich, so daß sie meist erfolgreich sind.

Aber häufig sagt man den Angehörigen der Blutgruppe 0 nach, daß sie sich nicht lange auf etwas konzentrieren können, flatterhaft sind, Aufgaben nicht durchdenken und daß sie zuweilen sogar unzuverlässig sind. Andere Blutgruppen, insbesondere die Gruppe A, sind häufig überrascht, wie schnell die Blutgruppe 0 ihr Augenmerk von einer Angelegenheit auf eine andere lenken kann. Ein Vertreter der Blutgruppe 0 kann in einem Augenblick leidenschaftlich für eine Idee entbrannt sein und sie im nächsten Augenblick völlig vergessen haben. Sie bringen ihre heftigen Gefühlsregungen mit starken Worten zum Ausdruck, und wenn sich ihre Interessen ändern, vertreten sie das Gegenteil mit der gleichen Heftigkeit.

Die anderen Blutgruppen sind oft erstaunt

über die Offenheit der Blutgruppe 0. Was sie sagt, meint sie von ganzem Herzen, aber ihre Aussagen sind weder dauerhaft noch beständig. Die Angehörigen der Blutgruppe 0 sind immer dazu bereit, sich einer neuen Situation rasch anzupassen. Selbst ihre Gefühle sind einmal sehr intensiv und können Minuten später wieder völlig abgekühlt sein. Vertreter der Gruppe 0 sind stets dazu in der Lage, ihre Position neu zu definieren und sich rasch auf Veränderungen in ihrer Umgebung einzustellen. Diese Fähigkeit bringt ihnen jedoch den Ruf ein, unaufrichtig zu sein.

Vertreter der Blutgruppe 0 sind die klassischen Unternehmer. Sie sind ruhelos und lieben den Wettbewerb – sie sind die «aktive» Gruppe, wie der japanische Psychologe Takeji Furukawa sagt. Ihre Rastlosigkeit macht sie zu den typischen Einwanderern. Das erklärt vielleicht, warum der Anteil der Blutgruppe 0 in den Vereinigten Staaten und anderen Einwanderungsländern höher ist als in den Ursprungsländern. In Deutschland, Frankreich, Spanien, Rußland und Polen ist zum Beispiel die Blutgruppe A vorherrschend; in Indien ist es die Blutgruppe B. Weil die Blutgruppe vererbt wird, meinen Wissenschaftler, daß die Blutgruppen A und B, die eher konservativ und seßhaft sind, lieber zu Hause blieben und das Beste aus dem machten, was sie haben.

Die Angehörigen der Blutgruppe 0 drücken ihre Gefühle offen aus, und sie lassen ihre Mitmenschen immer wissen, was sie über sie denken oder wie sie die Dinge sehen. Sie senden klare Signale, und aus diesem Grund kommen sie gut mit anderen zurecht. Die Blutgruppen A und B glauben oft, die Blutgruppe 0 manipulieren zu können, weil diese so offen und anpassungsfähig ist. Kann man einen Vertreter der Blutgruppe 0 davon überzeugen, daß man eine bessere Idee hat, dann wird er dieser vermutlich zustimmen.

Weil die Angehörigen der Blutgruppe 0 von Natur aus gesellig sind, sind sie oft anmutig und elegant. Sie möchten bemerkt werden, und die Meinung anderer Menschen ist ihnen wichtig. Sie lieben es, die Aufmerksamkeit auf sich zu ziehen, und sie sind exzellente Schauspieler.

Die Angehörigen der Blutgruppe 0 sind ehrgeizig. Und sie sind selbstbewußt, was ihrem Erfolg nur förderlich ist. Sie sind realistisch und in der Lage, die positiven und negativen Aspekte in jeder Situation genau abzuwägen.

Materialismus ist die treibende Kraft für die

Blutgruppe 0. Das Heim dieser Blutgruppe spiegelt wider, welch bedeutende Rolle Geld und Besitztümer spielen. Ihr Besitz ist Spiegel ihres Innenlebens. Es ist daher nicht erstaunlich, daß das Wohnzimmer, das in erster Linie dazu dient, Gäste zu empfangen, der zentrale Raum der Blutgruppe 0 ist.

Der Blutgruppe 0 ist es wichtiger, nach materiellem als nach intellektuellem Fortschritt zu streben. Dies bedeutet jedoch nicht, daß die Blutgruppe 0 anderen Blutgruppen intellektuell unterlegen wäre.

Vertreter der Blutgruppe 0 haben keinen besonderen Hang zum Detail. Details halten sie nur davon ab, ein Projekt zu Ende zu bringen und sich schnell dem nächsten widmen zu können. Die Angehörigen der Blutgruppe 0 sind mehr an allgemeinen Dingen als an Einzelheiten interessiert.

Die Blutgruppe AB

AB ist die faszinierendste aller Blutgruppen. Ihre Vertreter sind ruhig und aufgeschlossen, schüchtern und geltungsbedürftig, nachdenklich und impulsiv zugleich – sie vereinigen eine

Mischung aus widersprüchlichen Merkmalen in sich. Der japanische Psychologe Takeji Furukawa empfand sie als «passiv». Daraufhin definierten Biopsychologen auf der ganzen Welt die Blutgruppen B und 0 als «aktiv» und die Blutgruppen A und AB als «nicht aktiv».

AB ist die seltenste Blutgruppe. Am wenigsten verbreitet ist sie in den Vereinigten Staaten – wo sie nur einmal unter fünfundzwanzig Menschen auftaucht – und am häufigsten in Japan, wo einer von zehn Menschen der Blutgruppe AB angehört.

Wenn Sie einen Vertreter der Blutgruppe AB treffen, stehen Sie einem ruhigen und gelassenen Menschen gegenüber. Grundsätzlich ist der Angehörige der Blutgruppe AB selbstsicher und nachdenklich, und in diesem Sinne gleicht er der Blutgruppe A. Unter der Oberfläche brodeln jedoch eine Menge Widersprüche.

Im Gegensatz zur Blutgruppe A ist die Blutgruppe AB schneller bereit, Entscheidungen zu treffen und entsprechend zu handeln. Die meisten Menschen sind bei einigen Gelegenheiten introvertiert, bei anderen wiederum eher extrovertiert, aber eine dieser Veranlagungen ist ihr Leben lang vorherrschend. Bei Vertretern der Blutgruppe AB ist das introvertierte und extrovertierte Verhalten jedoch beinahe gleich stark ausgeprägt. Von allen Blutgruppen wechselt diese am schnellsten von einem Zustand in den anderen. Die Wissenschaftler halten die Blutgruppe AB für die schwierigste; die französische Psychologin Léone Bourdel bezeichnet sie als «complexe».

Angehörige der Blutgruppe AB haben ein stark ausgeprägtes Verantwortungsbewußtsein. Familie und Freunde halten sie deshalb für sehr zuverlässig und vertrauenswürdig. Doch wenn sie sich von den Ansprüchen ihrer Mitmenschen überfordert fühlen, rebellieren sie und ziehen sich häufig sogar völlig zurück. Obwohl sie mit ihrer Zeit und Energie sehr sparsam umgehen, sind sie bereit, großzügig zu sein, aber zu ihren eigenen Bedingungen.

Im Bereich der sozialen Kontakte sind die Vertreter der Blutgruppe AB geradezu unberechenbar. Es kann vorkommen, daß sie schweigsam, zurückgezogen und allein in einer Ecke sitzen. Dann wiederum stehen sie im Mittelpunkt der Aufmerksamkeit und unterhalten sich blendend. Ihre Freunde und Familie fragen sich oft: «In welcher Stimmung er wohl heute ist?»

Angehörige der Blutgruppe AB verhalten

sich manchen Menschen gegenüber äußerst zurückhaltend und anderen gegenüber geradezu unverschämt. Sie betrachten dies selbst als Handicap und fragen sich, warum einige Menschen sie so aggressiv reagieren lassen. Sie ertappen sich oft selbst dabei, daß sie bestimmte Situationen meiden. Sie weichen plötzlich auf die andere Straßenseite aus, wenn sie sehen, daß ihnen jemand entgegenkommt, den sie kennen, oder sie schauen weg und geben vor, in Gedanken zu sein. Die Menschen halten dieses reservierte Verhalten oft irrtümlich für Arroganz, auf viele wirkt es sogar einschüchternd – was den Angehörigen der Blutgruppe AB immer überrascht, denn er weiß, daß sein scheinbar arrogantes Verhalten nur eine verschleierte Variante von Schüchternheit ist.

Die Vertreter der Blutgruppe AB sind außerordentlich kreativ veranlagt. Ihr komplexer Charakter macht sie zu großartigen Künstlern und Schauspielern – sie brillieren auf allen Ebenen. Ihre vielschichtige Persönlichkeit verleiht ihnen eine besondere Ausstrahlung.

Angehörige der Blutgruppe AB sind außerdem stark an Metaphysik interessiert. Masahiko Nomi berichtet, daß viele von ihnen als Wunderheiler, Wahrsager und Astrologen tätig sind. Sie ist auch die religiöseste aller Blutgruppen. Viele Geistliche haben die Blutgruppe AB. Ihre Spiritualität und ihre Prinzipien sowie die Tatsache, daß sie von ihren Freunden und Anhängern Loyalität erwarten, machen sie zu erfolgreichen geistlichen Führern. Labortests zufolge weist das Grabtuch von Turin, von dem einige Gelehrte glauben, daß Jesus Christus damit nach seiner Kreuzigung zugedeckt wurde, Blutflecken der Gruppe AB auf – was Jesus Christus zum prominentesten Angehörigen der Blutgruppe AB in der Geschichte machen würde.

Vertreter der Blutgruppe AB sind fähige Politiker und Diplomaten. Die Kombination aus Verstand, Gefühl und Flexibilität ermöglicht es ihnen, schwierige Angelegenheiten rasch und taktvoll zu lösen. Sie erkennen gefährliche Situationen rasch und umgehen sie mit viel Geschick.

Die Vertreter der Blutgruppe AB fühlen sich in Großstädten wohl: Hier pulsiert das Leben, hier können sie ihre Vielfalt ausleben, sind von Menschen umgeben. Doch gleichzeitig reagieren sie auf das Stadtleben häufig klaustrophobisch. Viele Angehörige der Blutgruppe AB ziehen deshalb in einen ruhigen Vorort oder aufs

Land. Aber letzten Endes stellt sich, sobald sie in einer ruhigen Umgebung wohnen, heraus, daß ihnen ein solch gemächlicher Lebensstil auch nicht liegt, und so fahren sie, so oft sie können, wieder in die Stadt. Das Heim des Angehörigen der Blutgruppe AB spiegelt seine rastlose Persönlichkeit wider. Der Vertreter der Blutgruppe AB umgibt sich mit Elementen, die zum Nachdenken und Handeln anregen, er liebt kleine persönliche Gegenstände und Dinge, die die Kommunikation fördern.

Die Blutgruppe AB ist wahrhaft komplex: abgeschieden aber gesellig, zurückhaltend aber bestimmt, aktiv und gleichzeitig nachdenklich, sowohl an intellektuellem als auch an materiellem Aufstieg interessiert. Da sie so viele Gegensätze in sich vereinen, haben die Angehörigen der Blutgruppe AB in gewisser Weise den turbulenten und problematischen Charakter von Jugendlichen: Es zieht sie in zu viele Richtungen, und ihre schwierigste Aufgabe ist es, ihre eigene Mitte zu finden. Jene Vertreter der Blutgruppe AB, die diese grundverschiedenen Veranlagungen beherrschen und ordnen können, sind in allem, was sie tun, äußerst erfolgreich.

Kapitel 2
Blutgruppen und kindliche Entwicklung

Die Blutgruppe A

Schon in frühen Jahren wollen Angehörige der Blutgruppe A alles selbst herausfinden. In ihren ersten Schuljahren fallen Kinder der Blutgruppe A auf, weil sie alles, was sie lernen, auf ihre eigene Weise hinterfragen – was nicht unbedingt der Vorstellung des Lehrers entspricht. Alle Kinder tragen innere Kämpfe aus, während sie versuchen, die Welt um sich herum zu verstehen. Aber das Kind mit der Blutgruppe A verarbeitet diese vielfältigen Informationen, indem es sie erforscht und versucht, jedem Ding seinen Platz einzuräumen.

Die Angehörigen der Blutgruppe A lernen schneller als andere zu steuern, welche Informationen sie aufnehmen wollen und zu bestimmen, was sie behalten und was sie wieder vergessen möchten. Deshalb sind sie besonders gut darin, ihrer Meinung nach brauchbare Informationen zu selektieren. Kinder mit der Blutgruppe A betrachten ein Thema eingehend, erkennen etwas, das sie interessiert, konzentrieren sich auf dieses Detail und nehmen es in sich auf. Die Lehrer sind oft verblüfft darüber, wie die Schüler mit der Blutgruppe A die Informationen neu interpretieren.

Jake, ein Journalist mit der Blutgruppe A, erzählt vom Geschichtsunterricht in der neunten Klasse und daß er die Dinge gerne aus einem speziellen Blickwinkel betrachtete: «Ich döste wie üblich im Geschichtsunterricht, als der Lehrer plötzlich auf die Heirat König Charles' oder König Henrys zu sprechen kam. Auf einmal war ich hellwach. Wer auch immer dieser König war, er heiratete Prinzessin Henrietta Maria! Henrietta war meine Cousine aus Österreich, und ich stellte sie mir sofort vor: Pummelig und sommersprossig schritt sie die Hallen von Westminster hinunter, in demselben schweren Kleid mit dem hohen Kragen und den Juwelen, in dem Elisabeth I. gerade ein paar Seiten vorher in unserem Buch abgebildet gewesen war. Innerhalb von Sekunden war ich brennend an Henrietta Maria interessiert. Ich mußte wissen, wer sie war, wann sie geboren wurde, wer ihr Vater und ihre Mutter waren und ob sie überhaupt Englisch sprach. Nach wenigen Augenblicken war ich ein glühender Verehrer Henriettas. Nicht, daß ich dem Lehrer irgendwelche Fragen stellte! Ich führte meine eigenen Forschungen durch. Ich stöberte alle möglichen Bücher in der Bibliothek auf und las stundenlang darin. Am Ende des Schuljahres mußten wir einen Aufsatz über die Herrschaft dieses Königs schreiben. Einen halben Absatz widmete ich ihm, zwei Seiten Henrietta Maria. Ich bekam die beste Note und der Lehrer, verblüfft, aber beeindruckt, sagte, ich wäre der einzige gewesen, der sich überhaupt an den Namen der Königin erinnert hatte. Ich war eine echte Pflaume, aber eine unkonventionelle, wie ich glauben möchte.»

Wenn sie an etwas interessiert sind, dann können sich Schüler mit der Blutgruppe A sehr lange konzentrieren. Wie Jake können sie voller Begeisterung nach entsprechenden Informationen suchen und bis ins kleinste Detail vordringen. Sobald sie sich für ein Gebiet entschieden haben, können sie stundenlang an einem Projekt arbeiten. Wenn Angehörige der Blutgruppe A an einem Gegenstand jedoch *nicht* interessiert sind oder eine Arbeit für sie keinen Sinn ergibt, sind sie nur sehr schwer zu motivieren. Deshalb neigen sie zu Leistungsschwankungen: In manchen Fächern sind sie ungewöhnlich gut, und in anderen liegen sie weit unter dem Durchschnitt. Man hört oft: «Er ist klug, aber er kann sich einfach nicht konzentrieren.» Oder: «Ich verstehe nicht, warum sie in Mathematik so gute Noten bekommt und in Biologie immer wieder versagt.»

Das Geheimnis für Eltern und Lehrer liegt darin, den Vertreter der Blutgruppe A zu ermutigen, indem sie ihn auf alle interessanten und lustigen Elemente eines Faches aufmerksam machen, das er langweilig findet. Da Kinder mit der Blutgruppe A meinen, daß es einen praktischen Grund dafür geben muß, etwas zu lernen, sollte man ihnen die Informationen auf klare Weise darlegen. Sie bevorzugen Lehrer, die Dinge einfach erklären. Um sich sicher zu fühlen, wollen Schüler mit der Blutgruppe A wissen, was man von ihnen im Unterricht erwartet.

Wie die meisten Japaner ist Keiko, eine Amerikanerin japanischer Abstammung, die in New York lebt, sehr versiert, was die Blutgruppen betrifft. Sie sagt über ihren Sohn: «Ich habe die Blutgruppe 0, aber sowohl mein Mann als auch mein Sohn haben die Blutgruppe A. Es ist unglaublich, wie ähnlich sie sich sind. Ich weiß, wie mein Sohn lernt. Er ist jetzt in der siebenten Klasse und haßt Mathematik. Ich mußte eingreifen. Ich sagte zu ihm: ‹Na los, das ist doch interessant! Es ist einfach. Das Großartige an Mathematik ist, daß es auf jede Frage nur eine Antwort gibt. Es ist absolut logisch! Und es macht Spaß!› Wir gingen das ganze Lehrbuch durch, klärten alle offenen Fragen, und bald war er überzeugt davon, daß er Freude daran hatte. Jetzt bekommt er gute Noten. Ich bemerkte auch, daß er sich leichter tut, wenn er alles sauber und ordentlich aufschreibt. Wenn sein Heft in Unordnung ist, fühlt er sich verloren. Ich schlug ihm daher vor, zuerst die Berechnungen auf einem Stück Papier durchzuführen und sie dann fein säuberlich in sein Heft zu schreiben. Es ist erstaunlich, wie solche Kleinigkeiten helfen können.»

Schüler mit der Blutgruppe A lernen in einer geordneten, disziplinierten Klasse, in der jeder weiß, was von ihm erwartet wird, besser. Laute, unkonventionelle Klassen empfinden sie als chaotisch und verwirrend, so daß sie sich zurückziehen.

Kinder mit der Blutgruppe A bevorzugen einen begrenzten Lehrstoff, so daß sie ihr Wissen Schritt für Schritt aufbauen können. Sie müssen sich auf das, was sie gerade tun, konzentrieren, ansonsten verlieren sie den Überblick.

Vertreter der Blutgruppe A ziehen es vor, alleine zu arbeiten. Dieses Merkmal begleitet sie ihr ganzes Leben lang. Gruppenprojekte, wie zum Beispiel wissenschaftliche Experimente, bei denen fünf oder sechs Schüler zusammenarbeiten, fallen den Angehörigen der Blutgruppe A schwer, da sie lieber ihr eigenes Tempo bestimmen. Wenn sie in eine Gruppe gezwängt werden, dann stecken sie, zumindest symbolisch, ihren eigenen Bereich innerhalb der Hierarchie ab – ihr eigenes Gebiet, das sonst keiner betreten darf. Die Vertreter der Blutgruppe A sind am glücklichsten, wenn sie etwas beginnen, durchführen und beenden können, das sie selbst angefangen haben.

Die Vorliebe dieser Blutgruppe, allein zu arbeiten, ist teilweise darauf zurückzuführen, daß sie keine Veränderungen mag. Egal ob Kinder oder Erwachsene, Angehörige der Blutgruppe A bevorzugen ein stabiles, überschaubares Umfeld. Schüler mit der Blutgruppe A brauchen lange, um sich an neue Klassen, Lehrer und Klassenkameraden zu gewöhnen. Eltern, die ein Kind mit der Blutgruppe A in einer neuen Schule unterbringen, sollten ihr Kind ganz besonders dabei unterstützen, sich an die neue Umgebung anzupassen. Alle Kinder versuchen, neue Menschen und neue Informationen in eine Struktur bereits bekannter Eindrücke einzufügen. Das ist wichtig, um ein angemessenes Sozialverhalten zu entwickeln. Ein Kind mit der Blutgruppe A ist dabei langsamer und braucht daher länger, um sich an neue Umgebungen anzupassen.

Die Blutgruppe B

Erwachsene mit der Blutgruppe B analysieren und untersuchen alles gründlich. Ob Künstler oder Wissenschaftler, Techniker oder Büroangestellte, sie lieben es, die Dinge aus jeder Perspektive zu erforschen, bis zum Kern der Sache vorzudringen, alles zu zerlegen. Dieser Charakterzug macht sich bereits in der Kindheit bemerkbar. Wie die Angehörigen der Blutgruppe A bevorzugen auch Kinder mit der Blutgruppe B einen klaren und organisierten Unterricht, in dem die Informationen so logisch wie möglich präsentiert werden. Im Gegensatz zu den Vertretern der Blutgruppe A sind die Vertreter der Blutgruppe B jedoch viel dynamischer beim Lernen. Sie ziehen einen einfachen, systematischen, zielorientierten Unterricht vor. Anders ausgedrückt, ein Kind mit der Blutgruppe B fühlt sich unbehaglich, wenn der Lehrer vom Stoff abschweift und die Kinder zu lebhaften Diskussionen ermutigt oder Fakten auf unkonventionelle Weise darbietet. Angehörige der Blutgruppe B jeden Alters lieben geordnete Zustände.

Besonders in lauten, chaotischen Klassen kommt der Ordnungssinn der Blutgruppe B zum Vorschein. Lärm löst bei Vertretern der Blutgruppe B schnell Streß aus und wirkt ermüdend, weil sie mehr Energie dafür einsetzen müssen, sich zu konzentrieren. Je turbulenter es im Unterricht zugeht, desto mehr zieht sich der Schüler mit der Blutgruppe B zurück.

Angehörige der Blutgruppe B sind in der Schule häufig Spätzünder. Während der ersten Schuljahre ist der Unterricht weitgehend auf Aktivitäten ausgerichtet; die Kinder arbeiten mit Partnern oder in Gruppen an einzelnen Projekten. Zu diesem Zeitpunkt wird eher ungezwungen und unstrukturiert vorgetragen, damit die Kinder experimentieren und aus praktischen Erfahrungen lernen können. Kinder mit der Blutgruppe B sind dabei nicht so ganz in ihrem Element, obwohl dies eine wichtige Phase für sie ist, in der sie ihre eigenen Lernstrategien entwickeln. Dem Vertreter der Blutgruppe B fällt das Lernen nach der sechsten Klasse wesentlich leichter, denn von da an wird der Lehrplan immer geordneter und strukturierter. Ab jetzt gibt es weniger Gruppenarbeiten, und die Lehrer ermutigen die Schüler, selbständig zu arbeiten. Die Schüler mit der Blutgruppe B gehen in ihrer Arbeit sehr systematisch vor.

Die Vorliebe der Blutgruppe B für Klarheit und Organisation ist in allen Lernbereichen erkennbar – in und außerhalb der Schule. Sie möchte praktische Informationen erhalten, die nicht nur Sinn ergeben, sondern auch anwendbar sind. Helen, eine LKW-Fahrerin, erzählt von ihrer frühen Leidenschaft für Maschinen und davon, wie ihr Vater, ein Mechaniker, ihr beim Lernen geholfen hat. «Schon als ich zehn Jahre alt war, interessierte ich mich für Motoren. Ich habe so viel Zeit wie möglich in der Werkstatt meines Vater verbracht. Ich habe davon geträumt, wenn ich erwachsen werde, selbst eine große, schwere Maschine zu bedienen – und ich glaube, mein Traum ist wahr geworden. Mein Vater hat nie gesagt: ‹Du bist ein Mädchen, was machst du hier?› Er war nie zu beschäftigt, um mir etwas zu erklären. Er ist ganz präzise vorgegangen. Er hat jeden Draht markiert, jeden Teil zurechtgelegt und mich Schritt für Schritt in seine Arbeit eingewiesen: ‹Hier schließt du den Drehzahlmesser an, und diese fünf Befestigungsschrauben brauchst du noch, und hier kommt das Batteriekabel hin!› Mit dreizehn war ich ein echter Profi.»

Instinktiv war Helens Vater der perfekte Lehrer für sie gewesen. Er beschriftete die Teile deutlich, zeigte ihr, wie die einzelnen Bestandteile zu einem Ganzen zusammengefügt werden, erklärte, warum die Dinge auf diese Weise eingebaut werden und wie sie funktionieren. Am wichtigsten dabei war, daß er Helen dazu ermutigte, Interesse zu entwickeln, so daß sie rasch zu einer Expertin wurde.

In der Schule sind die erfolgreichsten Kinder mit der Blutgruppe B jene, deren Eltern und Lehrer sie dazu anspornen, ihrem eigenen Lernschema zu folgen. Das Selbstvertrauen spielt beim Lernen eine große Rolle, und wenn Kinder mit der Blutgruppe B ständig für ihre scheinbar seltsame, aber zumeist effiziente Arbeitsweise kritisiert werden, können sie kein hohes Selbstvertrauen entwickeln.

Ein Kind mit der Blutgruppe B muß sich stets ein Bild vom Ganzen machen können. Wenn ein Bestandteil fehlt, verliert es leicht den roten Faden und wird ein schlechter Schüler. Mehr als andere Kinder müssen Schüler, die der Blutgruppe B angehören, das Gesamtbild kennen, bevor sie das Ganze verstehen können. Die Klasse oder die Schule zu wechseln fällt Kindern mit der Blutgruppe B besonders schwer. Während die Blutgruppe A einer neuen Umgebung ängstlich gegenübersteht, ist eine Veränderung für die Blutgruppe B eine Unterbrechung, und das bedeutet für gewöhnlich, daß sie den Überblick verliert.

Jeffrey, ein Schriftsteller mit der Blutgruppe B, Mitte zwanzig, berichtet über seine frühen Erfahrungen: «Englische Literatur war immer mein Lieblingsfach, aber in der elften Klasse hatte ich plötzlich arge Probleme. Wir zogen genau vor Weihnachten in eine andere Stadt, und nach den Ferien landete ich in einer neuen Schule. Sie waren gerade halb mit *Macbeth* durch und ich konnte einfach nicht mithalten. Ich versuchte, das Buch alleine zu lesen; ich lieh

mir das Video; ich kaufte mir die Kurzfassung.
Nichts half! Ich hatte das Gefühl, daß im ersten
Akt irgendein Geheimnis verborgen war, hinter das ich einfach nicht kam, und daß alles von
diesem Geheimnis abhing. Das alles ergab keinen Sinn für mich. Miss Brown, die Lehrerin,
war sehr verständnisvoll, aber mir war nicht zu
helfen.»

Angehörige der Blutgruppe B verbringen
gerne viel Zeit damit, ein Projekt zu organisieren, es vorzubereiten, den Grundstein zu legen. Vielleicht beginnen sie damit, alle Bleistif-
te zu spitzen und der Reihe nach hinzulegen
oder Lineale und Geodreiecke zurechtzulegen,
oder sie ordnen ihre Notizen auf dem Tisch. Sie
sind vielleicht irgendwann *beinahe* bereit, einen
Aufsatz zu schreiben, aber sie sind nie wirklich
ganz bereit. Glücklicherweise ist der Schüler
mit der Blutgruppe B genug organisiert, um
seinen Aufsatz schließlich doch zu schreiben
und abzugeben, auch wenn es in der letzten
Minute ist. Im Extremfall stecken Schüler, die
der Blutgruppe B angehören, so viel Energie in
die Vorbereitung, daß sie Projekte nicht beenden.

Ihr Hang zum Analysieren ist im Schulalltag
recht hilfreich. Häufig sind sie die besten Schü-

ler, weil sie durch ihre analytische Vorgehensweise originelle Ideen hervorbringen. Durch ihre Logik liegen ihnen sowohl die Natur- als auch die Geisteswissenschaften. Man könnte sie als *ganzheitliche* Schüler bezeichnen. Sie betrachten das ganze Bild, das gesamte Fach, das sie lernen, untersuchen alle Aspekte und gruppieren die Informationen um, bis sie zu ihrem ganz persönlichen Ergebnis kommen.

Die Blutgruppe 0

Die Stärke der Blutgruppe 0 in der Schule liegt in ihrer Anpassungsfähigkeit. Von allen Blutgruppen ordnen sich die Kinder der Blutgruppe 0 am besten in die Struktur einer Klasse ein; in Gruppen sind sie produktiv und lernen lokker und ungezwungen.

Die Vertreter der Blutgruppe 0 sind aktiv und extrovertiert. Sie passen sich leicht neuen Situationen an, und sie lieben jede Herausforderung. Schüler mit der Blutgruppe 0 brauchen ein lautes Klassenzimmer, einen abwechslungsreichen Lernrhythmus. Im Gegensatz zu ihren Mitschülern mit der Blutgruppe A oder B können sie sich besser konzentrieren, wenn in ihrer Umgebung etwas los ist, und sie werden rasch unruhig und reizbar, wenn es zu ruhig wird. Schüler mit der Blutgruppe 0 sind leicht zu motivieren, aber sie langweilen sich auch schnell. Wenn der Unterricht zu langsam vorangeht, werden sie oft zum Klassenclown oder zum Quälgeist, weil sie einfach die Abwechslung brauchen. Schüler mit der Blutgruppe 0 ziehen solche Lehrer, die chaotisch und unkonventionell unterrichten, jenen vor, die sich an einem bestimmten Ziel orientieren.

Das gilt für jedes Stadium des Lernens. Mark, ein Concierge, der Französisch und Spanisch studierte, erzählt von seinem Lieblingsfach: «Das Seminar Spanische Literatur II war das reinste Chaos! Die Professorin weigerte sich standhaft, englisch zu sprechen. ‹Euer Hauptfach ist Spanisch, also müßt ihr die Sprache lernen!› Sie sprach das beste klassische Spanisch; *Don Quichote* war ihr Vorbild. Das einzige Problem war ihr fürchterlicher Akzent. Es war eine *Katastrophe*! Wir konnten die meiste Zeit nur raten, was sie sagte. Da stand sie, in Karo oder Pünktchenmuster – schließlich waren es die siebziger Jahre – und trug die Texte auswendig vor, wobei sie von *El Cid* zu *Cervantes* und dann zurück zu *Lazarillo de Tormes* schweifte. Sie ließ nichts aus! Ich konnte es nicht erwarten, zu ihr zum Unterricht zu gehen. Es machte Spaß, man wußte nie, was als nächstes kam. Sie hatte überhaupt kein System – aber ich habe etwas über spanische Literatur gelernt, also nehme ich an, daß sie es richtig gemacht hat.»

Diese Unterrichtsform wäre für die systematischen Angehörigen der Blutgruppen A und B problematisch gewesen, aber sie funktionierte bei Mark, dem typisch extrovertierten Vertreter der Blutgruppe 0. Nicht wegen der Darbietung des Lernstoffes, sondern weil es der Dozentin gelang, sein Interesse zu wecken.

Schüler mit der Blutgruppe 0 machen sich zielstrebig auf den Weg, wenn es darum geht, ein Ziel zu erreichen. Eine negative Grundhaltung – «Oh, das ist mir zu schwer, dafür bin ich nicht klug genug!» – kommt nur selten vor. Schüler mit der Blutgruppe 0 stecken ihre Ziele eher zu hoch. Aber selbst wenn sie ihre eigenen Erwartungen nicht erfüllen können, behalten sie eine positive Einstellung: «Das nächste Mal muß ich mich mehr bemühen.» Oder: «Ich habe nicht genug dafür gelernt.» Vertreter der Blutgruppe 0 betrachten sich normalerweise nicht als machtlose Mitspieler im System. Sie übernehmen die Verantwortung für ihr Leben – eine wichtige Voraussetzung, wenn man Erfolg beim Lernen haben will.

Schüler mit der Blutgruppe 0 sind neugierig auf neue Fächer und Themen und neue Informationen, was den Lernprozess positiv unterstützt. Während die Angehörigen der Blutgruppe A es vorziehen, sich langsam und Schritt für Schritt in ein neues Thema einzuarbeiten, wollen die Vertreter der Blutgruppe 0 immer neue Fakten hören. Schüler mit der Blutgruppe 0 nehmen Informationen zwar rasch auf, aber sie haben manchmal Probleme damit, auf ein Ziel hinzuarbeiten. Sie schwimmen mit dem Strom, treiben von einem Detail zum nächsten und halten manchmal nicht lange genug inne, um etwas eingehend zu analysieren.

Keiko, eine Amerikanerin japanischer Abstammung mit der Blutgruppe 0, berichtet von ihren wechselnden Interessen in der Schule: «Ich war durch und durch Amerikanerin, obwohl meine Eltern sehr traditionelle Japaner sind. Ich schätze, wenn man immigriert, wird die Kultur, der man zu Hause nur wenig Achtung schenkte, plötzlich heilig. Die Lehrer in der Schule bezeichneten mich als völlige Stümperin. Ich wollte alles probieren. Ich machte zwei Semester lang Gymnastik – ich wollte ins olympische Team. Dann studierte ich Flöte und wollte an der Metropolitan Opera spielen. Danach hatte es mir das Ballett angetan – ich wollte mit Barischnikow tanzen, dann wollte ich eine berühmte Malerin werden. Doch als ich der Debattiergruppe beitrat, vergaß ich alles andere. Ich hatte ein ganz schlechtes Gewissen! ‹Keiko bringt nie etwas zu Ende!› stand in meinem Zeugnis. Aber woher weiß man mit dreizehn, woran man wirklich interessiert ist? Man muß einfach alles ausprobieren, nicht wahr? So wurde die Debattiergruppe zwei Jahre lang meine große Leidenschaft. Ich habe es genossen, solange es anhielt, und es war gut für mich. Ich habe auf jeden Fall gelernt, mich aus jeder Situation herauszureden.»

Freundschaften in der Schule sind für die Vertreter der Blutgruppe 0 sehr wichtig, besonders für die jüngeren unter ihnen. Weil sie gesellig sind und Spaß an Gruppenarbeiten haben, gliedern sie sich besser in ihre Umgebung ein als Schüler mit der Blutgruppe B, die am glücklichsten sind, wenn sie in ihrem eigenen Rhythmus arbeiten können. An Selbstachtung gewinnen die jungen Angehörigen der Blutgruppe 0, weil sie sich leicht mit Gleichaltrigen anfreunden. Da sie von Natur aus selbstbewußt sind, setzen sie sich hohe Ziele. Sie fallen für gewöhnlich deshalb auf, weil sie am motiviertesten sind.

Die Vertreter der Blutgruppe 0 sind besonders sensibel, wenn es um Gruppenaktivitäten und Konkurrenz unter ihren Altersgenossen geht. Innerhalb der einzelnen Schulklassen werden für gewöhnlich Gruppen gebildet, und der Status und die Zugehörigkeit zu diesen Gruppen ändern sich ständig. Schüler mit der Blutgruppe 0 schließen sich rasch einer Gruppe an, übernehmen häufig die Führung, aber sie wechseln auch genauso schnell in eine andere Gruppe, wenn diese an Prestige gewinnt. Seine Mitschüler haben großen Einfluß darauf, wie der Betreffende lernt. Er lernt mehr, wenn die angesehenen Gruppen der Klasse lernbegierig sind. Kenneth, ein Innenarchitekt, berichtet darüber, welchem Druck seitens seiner Mitschüler er in der Schule ausgesetzt war: «Im Gymnasium war ich ein totaler Streber. Wir alle waren Streber; das war in. Sport war out, Partys waren out, keine Drogen, kein Alkohol, nur lernen, lernen, lernen – ‹Wer cool denkt, ist cool!› Ich hatte zwar einen Gymnastikkurs belegt, aber der Sport hatte ein derart schlechtes Image, daß ich nie darüber sprach. Nach der Schule trafen wir uns in einem Café und benahmen uns wie Dichter in einem Pariser Café. Dabei tranken wir Milch-Shakes und unterhielten uns über anspruchsvolle Bücher. Wie peinlich, wenn ich jetzt darüber nachdenke, aber wenigstens lasen wir eine Menge, auch wenn wir es nicht verstanden.»

Obwohl der Angehörige der Blutgruppe 0 aufgrund seiner Flexibilität leicht zu beeinflussen ist, ist es gerade diese Flexibilität, die ihn wendig genug macht, um voranzukommen. Vertreter der Blutgruppe 0 gehören in der Schule – und in der Arbeitswelt – immer zu den Erfolgreichsten.

Die Blutgruppe AB

AB ist die lebhafteste aller Blutgruppen, eine Mischung von Gegensätzen: Schüler mit der Blutgruppe AB sind gleichzeitig konzentriert und zerstreut, methodisch und einfallsreich, wissenschaftlich mit künstlerischem Einschlag oder künstlerisch mit der Präzision eines Wissenschaftlers. Sie haben vielerlei Talente und heben sich in allem, was sie tun, von anderen ab.

Aber diese Flexibilität ist nicht nur eine große Begabung, sondern auch ein Hindernis. Die Entscheidung, ob und wie man ein Projekt durchführen möchte, kann für jemanden mit der Blutgruppe AB sehr schwierig sein. Angehörige der Blutgruppe AB finden meist zu viele Spuren, die man verfolgen kann, haben zu viele Interessen auf verschiedenen Gebieten. Es fällt ihnen schwer, Prioritäten zu setzen. Im Gegensatz zu einem Vertreter der Blutgruppe A, der das ganze Bild betrachtet und dann ins Detail geht, kann der Vertreter der Blutgruppe AB oft nur das Gesamtbild sehen.

Angehörige der Blutgruppe AB sind aber durch und durch neugierig und wißbegierig, so daß sie gut lernen. Kinder mit der Blutgruppe AB sind sehr interessiert und überraschen ihre Lehrer häufig mit eindringlichen Fragen. Junge Vertreter der Blutgruppe AB sind äußerst analytisch und ordnungsliebend, so daß sie mit ihren Fragen versuchen, die Informationen, die von allen Seiten auf sie einströmen, zu ordnen. Boris, ein Buchhalter mit der Blutgruppe AB, Ende zwanzig, erzählt davon, welche Unmenge an Fragen er in der Schule stellte: «Als ich sechs oder sieben Jahre alt war, kam gerade der Disney-Film *Aristocats* heraus und die ganze Klasse ging ins Kino. Ich erinnere mich daran, wie ich anschließend schon mit meiner ersten Frage die Lehrerin aus der Fassung brachte: ‹Warum ist die Katzenmutter nicht in den Fluß gesprungen, um ihr Junges zu retten? Ich dachte, daß alle Katzenmütter ihr Leben für ihre Jungen riskieren würden.› Ich wußte, wenn ich die Katze gewesen wäre, dann wäre ich in den Fluß gesprungen. Daß die Lehrerin mit ihrer Antwort zögerte, machte mir etwas klar: Sie wußte also nicht alles! Die Frage beschäftigte sie wirklich; ich merkte, wie sie versuchte herauszufinden, wie weit eine echte Katze für ihre Jungen gehen würde, wie weit ihre Instinkte sie treiben würden. Danach konnte mich nichts mehr zurückhalten. Alle paar Tage kam ich mit einem wirklichen Knüller daher. Die Lehrerin war immer völlig überrascht und suchte verzweifelt nach Antworten. Es muß eine wahre Freude gewesen sein, mich in der Klasse zu haben.»

Mit ihren endlosen Fragen versuchen die Kinder mit der Blutgruppe AB, die Grenzen auszuloten, wie die Erzieher es formulieren. Für kleine Kinder ist die Schule eine neue und bedeutungsvolle Lebenserfahrung; zum ersten Mal treffen sie mit einer größeren Gruppe Gleichaltriger zusammen und konkurrieren mit ihnen. Wenn sie die Grenzen ihrer Lehrer ausloten, versuchen Kinder mit der Blutgruppe AB nicht nur herauszufinden, womit sie durchkommen und wie weit sie gehen können; sie stecken ihr Umfeld ab und ergründen, wie sie in dieses Umfeld passen. Kinder müssen lernen, mit anderen Menschen umzugehen – besonders mit Autoritätspersonen –, aber sie müssen auch lernen, sich eine Meinung über sie zu bilden. Die Lehrerin von Boris schien seinem Bedürfnis, ständig die Grenzen auszuloten, entgegenzukommen und die Flut an Fragen zu fördern.

Jüngere Schüler mit der Blutgruppe AB sind in erster Linie an der Kommunikation interessiert, die mit dem Lernen verbunden ist. Wenn der Lehrer eine Geschichte erzählt, nimmt die ganze Gruppe daran teil. Für Kinder mit der Blutgruppe AB ist es besonders wichtig, ihre Reaktion mit jener der anderen zu vergleichen.

Andere Blutgruppen kann man klar einordnen, nicht so die Blutgruppe AB. Im Gegensatz zu anderen Kindern verhalten sie sich sowohl kooperativ als auch rivalisierend. Sie arbeiten gut mit anderen zusammen – sowohl mit ihren Mitschülern als auch mit ihren Lehrern –, sie greifen gute Ideen auf, erweitern diese und tragen ihre eigenen Ideen zu einem Projekt bei. Aber die Schüler mit der Blutgruppe AB neigen auch dazu, mit anderen zu wetteifern und Klassenbeste sein zu wollen. Sie können stundenlang allein arbeiten, Nachforschungen anstellen, Probleme aus verschiedenen Perspektiven untersuchen, ihre Aufsätze immer wieder überarbeiten, bis alles perfekt ist. Das ist teilweise darauf zurückzuführen, daß sie originell sein, auffallen, etwas Besonderes leisten wollen.

Dieses Verhalten zeigt sich in allen Bereichen des Lernens. Michelle, eine Ballerina mit der Blutgruppe AB, erzählt von ihren Lernmethoden als sie ein Teenager war: «Ich erkannte früh, daß ich es nur zu etwas bringen könnte, wenn ich mich von den anderen unterschiede. Das ist bei allem wichtig, was du tust, aber beim Ballett ist es ein Muß! Ich war vierzehn, als man in meiner Schule Nachwuchsballerinas suchte. Ich arbeitete hart an den Rollen, von denen ich wußte, daß ich sie tanzen würde – ich hatte nicht die geringste Absicht, in der Gruppe zu tanzen. Ich hatte meine Pläne. Ich wußte, daß ich selbst für eine Tänzerin ungewöhnlich biegsam und sehr dünn war. Außerdem besaß ich einen hervorragenden Gleichgewichtssinn – all das waren meine Pluspunkte. Meine Schwäche waren Drehungen. Ich arbeitete also hart daran, meine Stärken auszubauen, um wirklich zu glänzen, und vertuschte meine technischen Probleme durch eine ausgesprochen dramatische Interpretation – wie die Stelle, an der Julia ihren Romeo erblickt, von ihrer Leidenschaft übermannt wird, sich eineinhalb Mal dreht und ihm dann entgegenfliegt. Niemand brauchte zu wissen, daß ich keine andere Wahl hatte, denn damals bekam ich kaum eine saubere Zweifachdrehung hin. Ich lief einfach stürmisch auf Romeo zu. Meine Klassenkameraden, die viel besser waren, legten tadellose Dreifachdrehungen hin. Aber ich wurde für die Rolle auserwählt! Mein Ballettmeister erkannte offenbar sofort, was ich tat, aber er war sehr konstruktiv! Er versuchte nie, meine kleinen Tricks auszumerzen – im Gegenteil, er förderte sie.»

Michelle ist ein perfektes Beispiel für eine erfolgreiche Schülerin mit der Blutgruppe AB. Durch ihre komplexe Persönlichkeit haben Ver-

treter der Blutgruppe AB vielleicht anfangs
Schwierigkeiten, sich selbst zu finden, aber sobald sie gelernt haben, ihre Talente in die richtigen Bahnen zu leiten und sie zu ihrem Vorteil
zu nutzen, sind sie auf dem Weg zum Erfolg.
Angehörige der Blutgruppe AB haben Probleme mit konventionellen und autokratischen
Lehrern, weil sie die Freiheit brauchen, in ihrem eigenen Tempo zu arbeiten. Sie haben ihre
eigene Vorstellung von Ordnung und Prioritäten, und obwohl ihre Methoden irrational
erscheinen mögen, ist es wichtig, ihnen Spiel-
raum zu lassen, damit sie ihre eigenen Strategien entwickeln können. Michelles Lehrer
half ihr dabei, ihren persönlichen Lernstil zu
entfalten. Wie Michelle sagt: «So viele Lehrer
unterdrücken ihre Schüler. Sie wollen den Kindern oft ihren eigenen Stil aufdrängen. Ich hatte Glück, daß mein Lehrer so offen und aufgeschlossen war.»

Kapitel 3
Blutgruppen und das Verhalten im Arbeitsleben

Die Blutgruppe A

Um gut arbeiten zu können, braucht der Vertreter der Blutgruppe A Logik, Stabilität und Methode. Ein Maurer mit der Blutgruppe A ordnet seine Ziegel zuerst der Reihe nach an, bevor er sie verlegt; ein Koch mit der Blutgruppe A legt alle Zutaten zurecht, bevor er den Herd einschaltet. Angehörige der Blutgruppe A fühlen sich am wohlsten, wenn sie in ihrem Geist ein klares Bild von ihrer Arbeit haben, wenn alles einen Sinn ergibt.

Wenn ihr Arbeitsbereich durcheinandergerät, werden Vertreter der Blutgruppe A nervös, manchmal geraten sie sogar regelrecht in Panik. Alles muß ein Muster ergeben, und wenn jemand mit der Blutgruppe A kein Muster sieht, dann schafft er eines. Das heißt allerdings nicht, daß Angehörige der Blutgruppe A besonders ordentlich sind. Ordnung bedeutet für sie nicht unbedingt, ordentlich zu sein. Meistens schaffen die Vertreter der Blutgruppe A ihre persönliche Art von Ordnung, und ihre Mitarbeiter sind oft verwundert über ihre schrulligen Arbeitsmethoden. Der Maurer mit der Blutgruppe A muß seine Ziegel vielleicht im Zickzack anordnen, bevor er sie verlegen kann, während der Koch eventuell, aus keinem ersichtlichen Grund, einige der Zutaten mischt und die übrigen in Häufchen anordnet.

Harriet, eine fünfundvierzigjährige Hausfrau mit der Blutgruppe A, schildert ihre besonderen Methoden, wie sie mit den «aufreibenden Vorbereitungen», die sie im Vorfeld einer Dinnerparty für die Geschäftsfreunde ihres Mannes zu bewältigen hat, fertig wird: «Meine Küche gleicht dann immer einem Schlachtfeld – zumindest finde ich das. Eigentlich hält man mich im allgemeinen für ordentlich, aber das bin ich nicht, nein – ganz bestimmt nicht! Ich wünschte, ich wäre es. Der einzige Ort, der wirklich ordentlich ist, ist das Regal, in dem ich meine Kochbücher aufbewahre. Mein Mann ist Anwalt, deshalb haben wir häufig Gäste. Manchmal muß ich zwei

Abendgesellschaften in der Woche geben. Dann verbringe ich zunächst zehn Stunden damit, in der Küche die Party vorzubereiten, und anschließend muß ich die vollkommene Gastgeberin spielen. Wenn ich arbeite, dann betrachte ich meine Küche fast als Schachbrett, mit schwarzen und weißen Quadraten. Die Gäste treffen um sieben Uhr abends ein, also arbeite ich mich die ganze Zeit über von Kästchen zu Kästchen vor und hoffe, es noch rechtzeitig zu schaffen.»

Die Blutgruppe A ist nicht nur die anspruchsvollste, sondern auch die pingeligste. Persönlichkeitstests bescheinigten den Betreffenden ein Höchstmaß an Sorgfalt. Verantwortungsbewußtsein und Geduld sind besonders herausragende Persönlichkeitszüge.

Wenn Vertreter der Blutgruppe A die grundlegende Problematik erfaßt haben, nehmen sie bald schon die komplizierteren Elemente des Projekts in Angriff, das sie zu bewältigen haben. Ihre Vorgehensweise ist mithin außerordentlich methodisch, da sie immer nur einen Problemteil auf einmal zu bewältigen suchen. Aber sobald sie mit mehreren Problemen gleichzeitig konfrontiert werden, läßt die Qualität ihrer Arbeit deutlich nach: Sie mögen keine

Überraschungen. Am wohlsten fühlen sie sich, wenn eine gewisse Voraussagbarkeit herrscht. In Jobs, in denen Flexibilität und schnelle Entscheidungen erforderlich sind, haben sie Probleme. Der Angehörige der Blutgruppe A nimmt Informationen sorgfältig auf und verarbeitet sie mit der Präzision eines Uhrwerks. Aber vor plötzlichen Entscheidungen scheut er zurück.

Ihm fehlt jedoch das Talent, spontan eine Vision zu entwickeln. Er bevorzugt den methodisch sorgfältigen Ansatz, der es ihm gestattet, sich das Umland zunächst einmal anzusehen, bevor er seinen Fuß darauf setzt. Diejenigen Berufsbereiche, für die ein solcher Mensch am wenigsten geeignet ist, sind Fußball, Public Relations und Anlageberatung.

In großen Firmen, in denen ihre Aufgaben klar umrissen und definiert sind, arbeiten Angehörige der Blutgruppe A tadellos. Wenn diese Voraussetzung nicht erfüllt ist, kommen ihre Energie und Motivation häufig schnell zum Erlahmen. Von allen Blutgruppen fügt sich diese am besten in die Hierarchie eines großen Unternehmens ein. Die Vertreter akzeptieren Anweisungen von ihren Vorgesetzen, weil sie das System respektieren und daran glauben, daß größere Gruppen am meisten leisten, wenn jeder sich an die ihm oder ihr zugewiesene Rolle hält.

Angehörige der Blutgruppe A leiden stärker unter Streß als andere. Wenn ihre Arbeit zu hektisch wird, haben sie Mühe, das Gesamtprojekt in überschaubare Teilaufgaben zu unterteilen. Infolgedessen kommen sie auch auf psychologischer Ebene damit nicht mehr klar, denn sie neigen dazu, den Streß zu verinnerlichen. Aber häufig gelingt es ihnen, den Streß wiederum als Katalysator einzusetzen, um sich selbst zu besseren, effektiveren und produktiveren Arbeitsmethoden anzutreiben.

Ein Vorgesetzter mit der Blutgruppe A ist in aller Regel hart, aber gerecht. Er erwartet von seinen Mitarbeitern, reibungslos und effizient zu funktionieren und Ideen so schnell wie möglich praktisch umzusetzen. Die starken, fast schon dogmatischen Überzeugungen eines solchen Vorgesetzten statten ihn mit der Aura starker Autorität aus. Zudem ist er in der Lage, Menschen zu beeinflussen, die unbewußt noch unentschlossen, also voller Zweifel und Unsicherheiten sind. Er neigt dazu, sie zu beherrschen. Dies ist wohl auch der Grund, warum Angehörige der Blutgruppe A in den meisten

Arbeitsbereichen in Führungspositionen landen.

Im allgemeinen geben Angehörige der Blutgruppe A gute Manager ab, sind für Führungspositionen jedoch ungeeignet. Sie entwickeln problemlos irgendwelche Arbeitsstrategien, tun sich aber schwer damit, Ziele festzulegen. Manager sind Organisationstalente, und es fällt ihnen leicht, ihren Angestellten Arbeitsanweisungen zu geben.

Ihr Ehrgeiz verhilft den Vertretern der Blutgruppe A oft zu angesehenen Positionen, aber weil sie Veränderungen scheuen, kommen sie nicht weiter. Ihre Persönlichkeit scheint konservativ, fast dogmatisch zu sein. Angehörige der Blutgruppe A ziehen bewährte Methoden unerprobten Praktiken vor. «Ich habe eine ganze Reihe von mechanischen Werkzeugen, mit denen ich seit über zwanzig Jahren arbeite», sagt Harold, ein Tischler mit der Blutgruppe A. «Diese neumodischen, elektrischen Werkzeuge sind einfach nicht so gut. Wenn ich etwas Kompliziertes mit der Laubsäge ausschneide, dann spüre ich, was ich tue, mit der elektrischen Säge ist das nicht möglich. Selbst wenn es länger dauert, habe ich einfach ein besseres Gefühl, wenn ich mit meinen Händen arbeite.»

Vertreter der Blutgruppe A arbeiten am besten in einer stabilen, ruhigen Umgebung, ohne Musik, Lärm oder Trubel. Sie können nur dann eine hundertprozentige Leistung erbringen, wenn sie voll und ganz in dem, was sie tun, aufgehen. Externe Reize lenken diese introvertierten Menschen ab und bereiten ihnen Unbehagen. Jemand mit der Blutgruppe A, der in einer lauten Umgebung arbeiten muß, wird im Laufe des Tages zunehmend unruhig und angespannt werden. Seine Konzentration läßt nach, ebenso seine Leistung.

Aber Angehörige der Blutgruppe A beschweren sich nur selten. Vor allem am Arbeitsplatz neigen sie dazu, Probleme in sich hineinzufressen. Sich mit jemandem zu streiten erzeugt Unruhe, was ihnen völlig gegen den Strich geht. Ihre Kollegen bemerken meist gar nicht, daß es ein Problem gibt, oder sie merken es erst, wenn es schon zu spät ist: Wenn er bis zum Äußersten getrieben wird, explodiert der Vertreter der Blutgruppe A nämlich mit einer Gewalt, die in keiner Relation zur Ernsthaftigkeit des Problems steht.

Die Angehörigen der Blutgruppe A bemühen sich sehr um Ausgeglichenheit und Harmonie. Wie die französische Psychologin Léone

Bourdel sagt, ist das Sozialverhalten der Blutgruppe A ausgesprochen harmoniebedürftig. Was seine Kollegen von ihm halten, ist dem Vertreter der Blutgruppe A besonders wichtig. Er möchte überall Anklang finden. Trotz allem arbeiten selbst die geselligsten Angehörigen der Blutgruppe A am besten allein. Innerhalb einer Gruppe sind sie zuverlässig, aber sie brauchen ihren Freiraum. Wenn sie eng mit anderen zusammenarbeiten müssen, dann versuchen sie, sich wenigstens symbolisch von ihnen abzuschirmen. Ihr Schreibtisch, ihre Regale, ihr Arbeitsbereich kann für sie zu einem unanfechtbaren Symbol für Autonomie werden.

Unter Menschen ist der Vertreter der Blutgruppe A gehemmt und gewissenhaft, aber wenn keiner hinsieht, ist er recht entspannt. Wenn er alleine arbeitet, ist er viel lockerer als zu den Zeiten, da er mit anderen zusammenarbeitet. Der Angehörige der Blutgruppe A verhält sich in Gesellschaft oft völlig anders, als wenn er allein ist. Dem Bericht einer japanischen Versicherungsgesellschaft zufolge sind die Autofahrer mit der Blutgruppe A äußerst inkonsistent: Sie sind sichere Fahrer, wenn jemand mitfährt, und schlechte Fahrer, wenn sie alleine fahren.

Die Blutgruppe B

Angehörige der Blutgruppe B sind im Job fleißig und engagiert. Sie sind kreativ, was ihnen einen künstlerischen Touch verleiht, aber sie haben vor allem eine ausgeprägte technische Seite: Sie sind an den praktischen Grundlagen interessiert, daran, wie etwas funktioniert. Und ob sie nun in der Wissenschaft oder in der Kunst tätig sind, immer sind sie die Fachleute.

Die Betreffenden sind motiviert, können sich lange konzentrieren, aber am liebsten arbeiten sie an ihren eigenen Ideen und Projekten. Mit dem Strom zu schwimmen ist nicht gerade ihre starke Seite, und wenn sie einen unflexiblen Vorgesetzten haben, dann fühlen sich Angehörige der Blutgruppe B oft ausgelaugt und unterdrückt. Um gute Leistungen zu erbringen, muß jemand mit der Blutgruppe B seine eigenen Pläne hervorbringen und ohne Einmischung anderer verwirklichen können.

Doch trotz ihrer Vorliebe dafür, allein zu arbeiten, haben Vertreter der Blutgruppe B einer Arbeitsgruppe viel zu bieten. Sie gelten als unentbehrlich, und zwar nicht nur, weil sie äußerst gut strategisch denken können, son-

dern weil sie den Ideen anderer Substanz ver-
leihen. Bei Besprechungen kann man sich
immer darauf verlassen, daß der Angehörige
der Blutgruppe B Lösungen für Probleme findet.

Arbeitnehmer mit der Blutgruppe B haben
immer die besten Ideen, können sie aber nicht
vernünftig erklären. Vorgesetzte mit der Blutgruppe B sind brillant darin, ihren Angestellten
zu sagen, *was* sie tun sollen, haben aber Schwierigkeiten, wenn es darum geht, ihnen zu er-
läutern, *wie* sie es tun sollen. Daß die Vertreter
der Blutgruppe B zumeist ungeduldig sind,
verschlimmert die Lage noch. Sie verstehen
nicht, warum etwas, das ihnen völlig klar ist,
für andere so schwer zu begreifen sein soll.
Toshitaka Nomi behauptet, daß hinter jedem
erfolgreichen Boß mit der Blutgruppe B ein guter Manager steht, der dessen Ideen durchführt
und die Abläufe organisiert.

Angehörige der Blutgruppe B brauchen ein
stabiles Umfeld. Für sie gibt es nichts Schlim-
meres als widersprüchliche Anweisungen von
oben, und sie rebellieren, wenn ihnen die Anweisungen nicht produktiv vorkommen. Veränderungen fallen den Vertretern der Blutgruppe B grundsätzlich schwer, es sei denn, die

Veränderung war ihre eigene Idee. Manager mit der Blutgruppe B können ihren Standpunkt bei Besprechungen recht vehement, manchmal fanatisch vertreten. Die Blutgruppe B mag Konflikte; nicht im negativen Sinn, sondern weil sie glaubt, daß ein Zusammenprall mit anderen positive Ergebnisse liefern kann. Sie ist gut darin, Konflikte auszutragen und zu lösen. In seinem Buch *Blutgruppe und Führungsstil* bezeichnet Dr. Yungnane Yang den Arbeitsstil der Blutgruppe B als analytisch. Er meint, daß die Angehörigen der Blutgruppe B Unklarheiten gegenüber hohe Toleranz aufbringen und sich ganz der jeweiligen Aufgabe und den technischen Details widmen.

Die öffentliche Meinung ist den Vertretern der Blutgruppe B nicht sonderlich wichtig. Was man an seinem Arbeitsplatz von ihnen denkt, ist unbedeutend; infolgedessen wirken sie häufig schroff und übermäßig selbstbewußt. Sie halten nichts von Förmlichkeiten, und Kollegen, die ihre Art nicht gewohnt sind, empfinden sie vielleicht als überaggressiv und einschüchternd.

Wie Helen, die LKW-Fahrerin mit der Blutgruppe B, sagt: «Als ich klein war, zog meine Mutter mir Spitzenkleidchen an, aber ich verbrachte Tag für Tag bei meinem Vater in seiner Werkstatt und half ihm, Benzinleitungen einzubauen, Keilriemen zu spannen, hantierte mit Ablaßventilen und Bremsleitungen herum. Ich kann einen Motor reparieren, aber die Kerle staunen sogar darüber, wenn ich auch nur den Tankdeckel selbst abschraube. Ich laß mir von niemandem etwas vormachen, wenn es um Motoren geht. Ich mache alles selbst. Ich bin in einer Werkstatt aufgewachsen – ich kann einen LKW-Motor in ein paar Stunden auseinandernehmen und wieder zusammenbauen, und das tue ich auch.»

Die Angehörigen der Blutgruppe B gehen immer ihren eigenen Weg. Sie wissen, was sie tun, und führen ihre Arbeit voller Selbstvertrauen aus. Andere Menschen fragen sie nur dann um Hilfe, wenn es absolut notwendig ist. Die Blutgruppe B läßt sich nicht so stark wie andere Blutgruppen von dem beeinflussen, was um sie herum vorgeht; das gilt im körperlichen als auch im persönlichen Bereich. Einem Angehörigen der Blutgruppe B machen Kälte, Hitze oder grelles Licht nicht so viel aus wie etwa einem Vertreter der Blutgruppe 0 oder A, und er reagiert auch nicht so stark darauf, was seine Kollegen tun oder sagen.

Peter der Große könnte als Beispiel dienen, der beschloß, St. Petersburg in einem Sumpfgebiet zu bauen und sein Projekt nicht aufgab, obwohl es immer kostspieliger und schwieriger wurde. Peter der Große wollte die Stadt bauen, und das tat er auch.

Trotz aller Gefahren trägt diese Zielstrebigkeit dazu bei, daß die Angehörigen der Blutgruppe B zu den erfolgreichsten Menschen auf dieser Welt gehören. Im modernen Firmenleben wird die Unabhängigkeit des Mitarbeiters mit der Blutgruppe B als Selbstvertrauen gewertet. Das ermutigt ihn, seine Ziele höher zu stecken als der Durchschnittsarbeiter.

Die Arbeitsgewohnheiten der Blutgruppe B unterliegen zwei gegensätzlichen Kräften. Einerseits sind Angehörige der Blutgruppe B motiviert und arbeiten gern selbständig, andererseits lieben sie klare Vorschriften. Selbst wenn eine Situation flexibles Vorgehen erfordert, zieht es der Angehörige der Blutgruppe B vor, die Vorschriften einzuhalten. Von allen Blutgruppen schwankt die Blutgruppe B am meisten zwischen konservativem Dogma und kreativer Rebellion.

Die Vertreter der Blutgruppe B arbeiten gerne nach Schema F und sind daher für Routinetätigkeiten gut geeignet. Sie fühlen sich am Fließband wohler als andere Menschen. Der Angehörige der Blutgruppe B verfolgt sein Ziel stetig, wobei er mehr an der Vergangenheit und an der Zukunft als an der Gegenwart interessiert ist.

Weil die Vertreter der Blutgruppe B sich weniger um das «Jetzt» kümmern, sind sie recht gut, wenn es um langweilige Tätigkeiten geht. Sie schalten bei der Arbeit einfach ab und konzentrieren sich auf den Abend oder das Wochenende. In besonders schwierigen Zeiten schaffen sie sich selbst Anreize, wobei es sich um einfache Dinge wie zum Beispiel einen Cappuccino auf dem Heimweg, einen guten Film oder ein Glas Wein zum Abendessen handeln kann.

Die Blutgruppe 0

Die Blutgruppe 0 liebt den Trubel. Sie ist aufgeschlossen und gesellig, draufgängerisch, wenn es darum geht, eine günstige Gelegenheit zu ergreifen. 0 ist die Blutgruppe, die in den Vereinigten Staaten am häufigsten vertreten ist, und die Biopsychologen glauben, daß dies ausschlaggebend dafür ist, daß es in den Vereinigten Staaten so viele Unternehmer gibt. Keine andere Nation der Welt hat dieses Gespür für das Geschäft.

Der amerikanische Lebensstil verkörpert die psychobiologische Persönlichkeit des Angehörigen der Blutgruppe 0: Eine vorwiegend extrovertierte, optimistische Gesellschaft, in der Anpassungsfähigkeit und gesellschaftliche Werte an erster Stelle stehen (wichtig sind persönliche Beziehungen, Klubs, Mannschaftssport), eine Gesellschaft, die grundsätzlich demokratisch ist (der Vorgesetzte wird als Koordinator betrachtet), und Wettbewerb erfolgt aufgrund von Geld – im Zentrum steht das Geschäft. Es ist sicher kein Zufall, daß die Überlegenheit der Amerikaner auf technologischem und wissenschaftlichem Gebiet auf ihre gute Organisation sowie auf ihre Kreativität zurückzuführen ist.

Angehörige der Blutgruppe 0 eignen sich am besten zur Teamarbeit. Sie brauchen ständig Action, Kommunikation und die Beiträge ihrer Mitmenschen. Tätigkeiten, bei denen er abgeschieden ist, sind für den Vertreter der Blutgruppe 0 äußerst problematisch: Schriftstellern, Malern, Nachtwachen und Landwirten mit der Blutgruppe 0 fällt es besonders schwer, stundenlang allein zu arbeiten. Wenn jemand mit der Blutgruppe 0 zufällig doch einen solchen Beruf ergreift, dann sucht er sich meist einen Ausgleich, indem er sich nach der Arbeit mit so vielen Menschen wie möglich trifft. Der Schriftsteller wandert von Bar zu Bar, der Maler begibt sich auf wilde Partys, und der Landwirt fährt jeden Abend in die Stadt.

Angehörige der Blutgruppe 0 bevorzugen Tätigkeiten, bei denen sie mit Menschen zu tun haben, wie zum Beispiel im Verkauf, im Marketing oder im Bankwesen. Wenn sie in der Kunst tätig sind, dann arbeiten sie gerne in Gruppen, etwa am Theater oder beim Ballett; solange es Teamarbeit gibt, ist die Blutgruppe 0 in ihrem Element.

Raphael, ein Literaturagent mit der Blutgruppe 0, sagt, daß es die Zusammenarbeit mit anderen ist, die ihm wirkliche Erfüllung bei seiner Arbeit gibt: «Wenn ich ein Manuskript auf den Markt bringe und es bei den Verlegern die Runde macht, dann fliegen die Funken. Die Redakteure sind meine besten Freunde! Aber wenn wir verhandeln, verwandeln wir uns in Haifische. Wir lächeln, wir verhandeln, wir nehmen ein paar Drinks, sie laden mich zum

Mittagessen ein, ich lade sie zum Mittagessen ein. Wir spinnen unsere Netze, jeder strebt nach seinem eigenen Vorteil, wir prallen aufeinander, und am Ende, da gewinnt der beste Mann oder die beste Frau. In der Liebe und im Verlagswesen ist alles erlaubt!»

Vertreter der Blutgruppen A und B können über die Arbeitsgewohnheiten der Blutgruppe 0 oft nur staunen. Die Angehörigen der Blutgruppe 0 wollen bis aufs Äußerste gefordert werden; sie ergötzen sich sogar am Streß, den der Arbeitsdruck mit sich bringt. Doch während sie es genießen, mehr zu übernehmen, als sie bewältigen können, kann sich dieser Charakterzug auch negativ auswirken. Die Vertreter der Blutgruppe 0 drängen voran, um in kürzester Zeit soviel wie möglich zu erledigen, wobei sie sich nicht um Details kümmern. In der Eile können ihnen wichtige Einzelheiten entgehen: Der Blutgruppe 0 fehlt die Präzision der Blutgruppe A und die Hartnäckigkeit der Blutgruppe B. Was die Mitarbeiter der anderen Blutgruppen ebenfalls erstaunt, ist, daß die Angehörigen der Blutgruppe 0 gerne in einer lauten, vorzugsweise von Musik erfüllten Umgebung arbeiten. Sperren Sie einen Vertreter der Blutgruppe 0 allein in ein schalldichtes Büro ein, und am Ende des Tages wird er die Wände hochgehen.

Der Angehörige der Blutgruppe 0 ist vom ersten Augenblick an, in dem er in eine Firma aufgenommen wird, ein Experte im Umgang mit Mitarbeitern und Vorgesetzten. Beim ersten Vorstellungsgespräch machen die Vertreter der Blutgruppe 0 einen selbstbewußten Eindruck und wirken kommunikativ. Sobald sie den Job haben, akklimatisieren sie sich rasch, nicht wie der Angehörige der Blutgruppe A, der anfangs lange braucht, um sich anzupassen. Die meisten Arbeitnehmer mit der Blutgruppe 0 sind besonders gut darin, Kontakte zu knüpfen. Diese Fähigkeit setzen sie ein, um jede Gelegenheit zu nutzen, befördert zu werden. Ihr Motto lautet: «Wenn ich gut dazupasse, werde ich auch gute Leistungen erbringen.»

Keiko, die in der Personalabteilung eines großen Hotels arbeitet, sagt, daß sie einen Vertreter der Blutgruppe 0 bei einem Vorstellungsgespräch sofort erkennt: «Ich selbst habe auch Blutgruppe 0, und ich schwöre, ich erkenne einen anderen Angehörigen der Blutgruppe 0, sobald er den Raum betritt. Es ist die Energie. Wir Vertreter der Blutgruppe 0 sind bereit, uns in einen Job zu stürzen. Das ist eine gute Eigenschaft! Ich bin Amerikanerin, aber meine Familie stammt aus Japan, und dort weiß wirklich jeder über Blutgruppenpsychologie Bescheid. Es gibt Tausende von Büchern, und in den Zeitschriften erscheinen wöchentlich Artikel darüber. Man wird dort sogar nach der Blutgruppe eingestellt. Der Personalchef sagt so etwas wie: ‹In dieser Abteilung haben wir bereits drei Angehörige der Blutgruppe B, nehmen wir einen Vertreter der Blutgruppe 0.› Wenn wir hier jemanden für einen Job in Betracht ziehen, dann geht es in erster Linie um die Persönlichkeit. Wir stufen die Bewerber nach speziellen Merkmalen ein: nach ihrer Energie, ihrer Ausstrahlung, ihrer Initiative, ihrer Entschlossenheit, ihrem Selbstvertrauen usw. Die Blutgruppe 0 schneidet dabei immer gut ab. Natürlich muß man dabei immer aufpassen, nicht jemanden zu bevorzugen, der einem ähnlich ist. Deshalb bin ich immer vorsichtig, wenn ich entdecke, daß jemand der Blutgruppe 0 angehört, um nicht einfach zu sagen: ‹O.k., Sie sind eingestellt!›»

Die Vertreter der Blutgruppe 0 haben eine hohe Selbstachtung, was ihnen dabei hilft, sich bei ihrer Arbeit Ziele zu setzen und diese auch zu erreichen. Sie fühlen sich für ihr Umfeld verantwortlich. Wenn sie Karriere machen, schreiben sie es sich selbst und nicht dem Schicksal oder ihren Mitarbeitern oder Vorgesetzten zu. Folglich ziehen es die Angehörigen der Blutgruppe 0 vor, andere zu beeinflussen statt sich beeinflussen zu lassen. Diese Strategie funktioniert im allgemeinen ganz gut, aber oft bleiben sie auch auf der Strecke, weil sie sich darauf konzentrieren, ein Ziel zu erreichen, ohne sich gründlich darauf vorzubereiten. Die Blutgruppe 0 braucht ständig Veränderung und Trubel: Manchmal kann sie einfach nicht lange genug stillsitzen, um etwas fertigzustellen.

Ein Job muß interessant und gut bezahlt sein, aber wenn der Angehörige der Blutgruppe 0 zwischen diesen beiden Anreizen wählen muß, dann wird das Geld das Rennen machen. Für den Vertreter der Blutgruppe 0 bedeutet Geld auch Erfolg. Im Job seine Erfüllung zu finden ist von sekundärer Bedeutung. Der Angehörige der Blutgruppe 0 will ebensosehr etwas erreichen wie der ehrgeizigste Vertreter der Blutgruppe B, aber die Blutgruppe 0 wird dabei mehr von sozialen Fragen angetrieben als von der Liebe zur Arbeit: Die große Stärke der Blutgruppe 0 ist nicht der technisch-fachliche

Aspekt ihrer Arbeit, sondern ihre Fähigkeit, mit Menschen umzugehen. Das verleiht ihnen leider das Image, kompetent, aber nicht immer zuverlässig zu sein.

Obwohl die Angehörigen der Blutgruppe 0 als Vorgesetzte recht locker und zu Veränderungen bereit sind, ist ihnen sehr wichtig, wer welche Funktion in der Firma hat. Während sie die Karriereleiter hochklettern, verlassen sie sich zunehmend auf ihre kommunikativen Fähigkeiten. Sie bringen ihre Ideen sehr energisch vor, wollen aber gleichzeitig vor Details verschont bleiben.

Der Vorgesetzte mit der Blutgruppe 0 richtet seinen Blick immer auf die Ergebnisse. Leider bedeutet dies manchmal, daß er sich zu wenig darum kümmert, wie eine Aufgabe erledigt wird oder mit welchen Problemen sie verbunden sein könnte.

Die Blutgruppe AB

Léone Bourdel bezeichnet die Blutgruppe AB als komplex. Auf der ganzen Welt ist sie die seltenste Blutgruppe: In den Vereinigten Staaten, Kanada und Deutschland gehört einer von fünfundzwanzig Menschen dieser Blutgruppe an, in Großbritannien, Frankreich und Spanien ist es einer von dreißig. Sie fallen auf jeden Fall auf. Sie sind in jeder Firma diejenigen, die jeder bemerkt, diejenigen mit einem beachtlichen Potential. Sie sind systematisch wie die Angehörigen der Blutgruppe A, entschlossen und präzise wie die Blutgruppe B und zuvorkommend und freundlich wie die Blutgruppe 0. Sie sind kreativ, technisch begabt und eifrige Experten. Die Blutgruppe AB ist eine interessante Mischung aus Talent und Temperament; damit kann sie es in ihrem Beruf bis zur Spitze bringen oder völlig entgleisen.

Auffallend ist, daß der Angehörige der Blutgruppe AB häufig den Job wechselt. Er ist rastlos und glaubt, etwas zu versäumen, wenn er sich nicht vom Fleck rührt. Bald wird ihm eine Arbeit zu langweilig, und er glaubt, es woanders besser haben zu können.

Michelle, besagte Ballerina mit der Blutgruppe AB, beschreibt sich selbst wie folgt: «In der Welt des Balletts neigen die Leute dazu, von einer Truppe zur nächsten zu ziehen, auf der Suche nach besseren Verträgen. Ich bin noch weiter gegangen. Ich habe nie mehr als zwei Saisons bei derselben Truppe verbracht. Und

das war gut so. In zwei Jahren habe ich es von
der Gruppe zur Haupttänzerin geschafft, und
jetzt nehme ich nur noch die besten Rollen an –
Giselle, Coppélia, Julia. Wenn man die Kraft
hat, von Anfang an immer wieder neu zu beginnen, kann das von Vorteil sein: Man strebt
nur das an, was am besten für einen selbst ist.»

Wenn sie an einer Rolle arbeitet, dann geht
Michelle ruhig und gezielt an die Sache heran,
wie es für einen Vertreter der Blutgruppe AB
typisch ist. Während sich ihre Kollegen oft mit
voller Kraft in ein Projekt stürzen, studiert sie
die Rolle bedächtig, baut sie Schritt für Schritt
auf. «Andere Tänzer schauen sich ihre Rolle an
und schießen sich dann darauf ein. Ich glaube,
es ist meine Veranlagung, alles langsam zu machen. Ich habe Angst zu pfuschen. Sagen wir,
ich tanze die Julia. Dann werde ich nicht einfach über Nacht zu Julia; ich arbeite mich Zentimeter um Zentimeter in ihre Persönlichkeit ein.
In meinem Inneren bin ich äußerst leidenschaftlich, und wenn ich arbeite, dann muß ich
mein Temperament zügeln, sonst bin ich verloren.»

Weil sie einen komplizierten Charakter haben, arbeiten die Vertreter der Blutgruppe AB
besonders vorsichtig. Toshitaka Nomi sagt, daß

sie ungewöhnlich unentschlossen sind: «Häufig meiden sie Situationen und Jobs, in denen sie Entscheidungen treffen müssen.» Welche Position sie auch bekleiden, die Angehörigen der Blutgruppe AB glauben, daß sie ihre vielschichtige Persönlichkeit unterdrücken müssen, wenn sie etwas erreichen wollen, insbesondere, wenn sie in einer Gruppe arbeiten. Wenn ein Vertreter der Blutgruppe AB im Büro arbeitet, dann wird er alles – Dokumente, Kugelschreiber, Akten – einer strengen Ordnung unterwerfen. «Alles unter Kontrolle halten», wie Michelle es formuliert. Angehörige der Blutgruppe AB, die diese Vorsichtsmaßnahmen nicht treffen, werden leicht vom Chaos überwältigt. Die Arbeit beginnt sich zu stapeln, und sie verbringen die meiste Zeit damit, den Wirrwarr zu durchforsten. Sie wirken zwar äußerlich ruhig, doch dieses Image kann Risse bekommen, wenn sie großem Streß ausgesetzt sind: Sie können nur eine gewisse Menge ertragen, bevor sie explodieren.

Ihr Bedürfnis nach System und Ordnung zeigt sich auch in ihren Ansichten darüber, wie eine Firma aufgebaut sein sollte. Einerseits drängt sie ihr ungestümes Temperament zu innovativen Veränderungen, aber im allgemei-

nen fühlen sie sich innerhalb einer gut definierten Struktur wohler. Weil sie danach streben,
alles sauber und ordentlich zu halten, können
die Vertreter der Blutgruppe AB in ihren Ansichten ziemlich autoritär werden. Traditionelle Werte am Arbeitsplatz können übermäßig
wichtig sein. Anweisungen zu befolgen kann
von zentraler Bedeutung werden.

Angehörige der Blutgruppe AB sind im allgemeinen unberechenbar. Das macht sie interessant und kreativ, und sie sind immer imstande, überraschende Ergebnisse zu liefern. Bei
Besprechungen kann man sich immer darauf
verlassen, daß sie mit eigentümlichen, aber effi-
zienten Lösungen aufwarten, sie neigen aber
auch zur Dogmatik. Sie fühlen sich von ihrer
Umgebung bedroht und sehen es gerne, wenn
andere ihre Vorschläge befolgen. Auseinandersetzungen am Arbeitsplatz bringen sie aus der
Fassung, selbst wenn diese Auseinandersetzungen vorteilhafte Veränderungen bewirken
können.

Weil sie unter ihren Kollegen nie ganz entspannt, sondern immer aufmerksam sind, haben sie einen guten Blick für Probleme. Sie können in einer Gruppe versteckte Schwierigkeiten
aufspüren. Wenn Vertreter der Blutgruppe AB

die Führung haben, dann sind sie engagierte Friedensstifter, die sofort Probleme erkennen und sie ansprechen.

John, ein Professor mit der Blutgruppe AB, Mitte vierzig, ist Fakultätsvorsitzender. Wenn er Besprechungen seiner Fakultät leitet, dann verläßt er sich auf seinen «sechsten Sinn»: «Aufgrund der Budgetkürzungen im Bildungswesen kann es bei den Besprechungen an der Universität zu hitzigen Debatten kommen. Meine Aufgabe als Dekan besteht darin, die Leute zu beruhigen und die Probleme so rational wie möglich zu beurteilen. Meine Kollegen sind oft erstaunt über meinen sogenannten sechsten Sinn, mit dem ich erkenne, wer wann und unter welchen Umständen explodiert. Es ist wichtig, dafür zu sorgen, daß alle reibungslos miteinander kommunizieren.»

Als Vorgesetzte sind die Angehörigen der Blutgruppe AB gut darin, sich von den anderen Arbeitnehmern abzuheben und gleichzeitig engen Kontakt zu ihnen zu halten. Sie sind gute Führungskräfte – sie bringen die Menschen dazu, Aufgaben optimal zu erfüllen. Im Umgang mit ihren Mitarbeitern vermeiden sie es, autoritär zu sein und einfach zu verlangen, daß die Arbeit erledigt wird.

Unter Druck neigen die Angehörigen der Blutgruppe AB zu Stimmungsschwankungen, was die Leute, die für sie arbeiten, argwöhnisch macht. Oft herrscht die allgemeine Meinung: «Vorsicht! Man weiß nie, wann der Boß wieder einmal explodiert.»

Die Vertreter der Blutgruppe AB sind zwar unbeständig, doch wenn sie es schaffen, ihre vielen guten Eigenschaften zu vereinen, dann gelangen sie an die Spitze. Toshitaka Nomi schreibt hierzu: «Solange es einen umfassenden Plan und ein klar definiertes Ziel gibt, fährt eine Firma am besten, wenn ein Vertreter der Blutgruppe AB mit der Aufgabe betraut wird.»

KAPITEL 4
Blutgruppen und Liebesleben

Die Blutgruppe A

Die Blutgruppe A stürzt sich nicht so leicht in eine neue Beziehung. Die Betreffenden verhalten sich Fremden gegenüber zunächst kühl. Sie kommen ihrer Umwelt unnahbar vor, und weil sie von Natur aus schüchtern sind, halten Menschen, die sie nicht genau kennen, sie vielleicht sogar für schroff. Folglich fällt es dem Angehörigen der Blutgruppe A schwer, einen Partner, vor allem den richtigen Partner, zu finden, denn es liegt ihm nicht, Gelegenheiten beim Schopf zu packen und den ersten Kontakt, aus dem sich Freundschaft und Liebe entwickeln kann, zu einem Menschen herzustellen.

Die Vertreter der Blutgruppe A beneiden die Angehörigen der Blutgruppe 0 und AB, die so leicht Kontakte knüpfen, die scheinbar immer wissen, was sie sagen sollen, wie sie ein Ge-

spräch beginnen können, wie sie die Leute
dazu bringen, ihnen zuzuhören und auf sie einzugehen. Die Blutgruppe A ist von Natur aus
nicht gerade kontaktfreudig. Wenn sie von
Menschen umgeben ist – besonders von Menschen, die sie nicht kennt –, fühlt sie sich unter
Druck, und der Umgang mit Menschen bedeutet für sie eher harte Arbeit. Nach einer langen
Party möchte der Vertreter der Blutgruppe A
nur noch nach Hause, allein sein, um wieder
Energie auftanken zu können. Der Freundeskreis der Blutgruppe A ist klein und erlesen,
weshalb ein alleinstehender Angehöriger der
Blutgruppe A sehr lange braucht, um einen
Partner zu finden.

Der Angehörige der Blutgruppe A lebt nur
dann auf, wenn er unter guten Freunden ist. Er
empfindet sie als Teil seiner selbst und offen-
bart ihnen freizügig seine Gefühle. In der Menge fühlt er sich verloren und einsam. Er leidet
darunter, daß er so ernst und reserviert ist. Er
hält dies für sein Schicksal, und so schwer es
auch zu ertragen ist, es distanziert ihn von seinen Mitmenschen.

Jake, der uns bereits bekannte Journalist mit
der Blutgruppe A, beklagt sich darüber, daß er
in der Arbeitswelt leicht Kontakte schließt, aber

auf Partys sehr schüchtern und gehemmt ist. Als Journalist hat er gelernt, bei der Arbeit aufgeschlossen zu sein, schnell Fragen zu stellen und heiße Spuren zu verfolgen, aber im Privatleben fühlt sich Jake oft unsicher: «Bei Partys stehe ich herum und versuche, cool und überlegen auszusehen. Meine Freunde, die mich von der Arbeit kennen, glauben, ich bin immer am Ball, aber sobald ich auf privater Ebene mit Menschen zusammen bin, die ich nicht kenne, gerate ich in Panik. Ich kann einfach nicht auf jemanden zugehen und ein Gespräch beginnen – besonders nicht mit einer Frau. Auf keinen Fall! Ich glaube, ich bin schüchtern. Aber eben nicht immer! Wenn ich dort stehe und sie kommt auf mich zu und übernimmt die Initiative, dann ist alles in Ordnung. Dann bin ich scharfsinnig und geistreich. Aber das geschieht fast nie. Auch wenn ich einer Frau vorgestellt werde, die ich warmherzig und interessant finde, dann gibt es wirklich kein Problem. Es ist immer dieser erste Schritt, den ich einfach nicht zuwege bringe.»

Wie bei den meisten Vertretern der Blutgruppe A ist Jakes Angst und Nervosität im Umgang mit anderen Menschen in einer lockeren, entspannten Umgebung am ausgeprägtesten:

«Eben dann, wenn ich mich nicht hinter meiner Rolle als hartgesottener Journalist verbergen kann.»

Außerhalb des Arbeitsplatzes, der Struktur, die sie kennen und in der sie sich wohl fühlen, fällt es den Angehörigen der Blutgruppe A schwer, den ersten Schritt zu machen. Doch sobald der Kontakt hergestellt ist, werden sie lockerer.

Wenn sie es nur mit einer Person zu tun haben, sind die Vertreter der Blutgruppe A in ihrem Element. Sie sind am glücklichsten, wenn sie sich nur einer Person statt mehreren Menschen gleichzeitig widmen müssen. Obwohl sie ausgesprochen schüchtern sind, sind sie besonders erpicht auf Intimität. Egal wie reserviert er erscheinen mag, der alleinstehende Vertreter der Blutgruppe A sucht einen Menschen, dem er nahe sein kann.

Zu Beginn einer Beziehung ist dieses Streben nach Intimität seine größte Stärke. Von Beginn an konzentriert er sich stark und ausschließlich auf den Menschen, an dem er interessiert ist. Während der geselligere Vertreter der Blutgruppe 0 in Gesellschaft wie ein bunter Schmetterling zu sein scheint, ist der Vertreter der Blutgruppe A rasch imstande, sein Augen-

merk auf einen bestimmten Menschen zu richten und sich einfühlsam mit ihm zu unterhalten. Obwohl viele Experten – Schaer, Bourdel,
Gille-Maisani, Mee – die Blutgruppe A als am
wenigsten liebenswürdig bezeichnen, ist diese
Blutgruppe am aufgeschlossensten für eine
tiefgehende Beziehung.

Damit sich zwei Menschen nahe sein können, müssen sie einander vertrauen und kennen. Jemandem, den man nicht kennt, kann
man sich nicht nahe fühlen. Um sich näherzukommen, muß man sich erst einmal selbst offenbaren: erklären, wer man ist, private Details
enthüllen, über sich selbst berichten. Vertretern
der Blutgruppe A fällt dies bei jemandem, den
sie mögen, sehr leicht. Sie beschäftigen sich
mehr als andere Blutgruppen mit ihren persönlichen Gefühlen. Angehörige der Blutgruppe A
sind eher introvertiert und verbringen viel Zeit
damit, nachzudenken und ihre Seele zu erforschen. Weil sie sich besser kennen und stärker
an sich selbst und ihren Gefühlen interessiert
sind, können sie sich gründlicher offenbaren
als ihre extrovertierten Freunde. In *Das transpa-
rente Selbst* schreibt Jourard, daß man sich
selbst besser kennenlernt, wenn man über sich
spricht – und das ist in einer starken Beziehung

sehr wichtig: «Wenn sich jemand einem anderen Menschen öffnen kann, dann kommt er sich selbst näher und kann aufgrund dessen sein Schicksal besser in die Hand nehmen.»

Intimität wird sowohl in Worten als auch in Taten zum Ausdruck gebracht. Neben dem, was man sagt, gibt es Zeichen und Symbole zwischen Liebenden: lange Blicke, Berührungen, Lächeln. Der Vertreter der Blutgruppe A genießt nicht nur den körperlichen Kontakt zum geliebten Menschen, sondern versucht auf allen Ebenen so intensiv wie möglich zu kommunizieren – mit diesem Menschen praktisch zu verschmelzen.

Seine Freunde staunen oft darüber, wie anders er sich im Alltagsleben und im Liebesleben verhält. In Alltagssituationen haben Vertreter der Blutgruppe A eher Berührungsängste: Sie meiden Körper- und Blickkontakt mit Fremden und lehnen sich – und wenn es nur ein paar Zentimeter sind – zurück, wenn ihnen jemand zu nahe kommt. Ganz anders verhalten sie sich im Liebesleben.

Keiko, deren Mann, wie wir bereits wissen, Blutgruppe A hat, berichtet von den zwei widersprüchlichen Seiten ihres Mannes: «Mein Mann Jeremy hat die Blutgruppe A, und wie alle Angehörigen dieser Blutgruppe hat er zwei Seiten: die kalte, geschäftliche Seite im Büro und die warmherzige, sanfte Seite, die nur ich kenne. Wir lernten uns in dem Hotel kennen, in dem wir beide arbeiteten. Er war damals im Vertrieb, ich im Personalwesen tätig. Mein erster Eindruck: attraktiv, sehr gutaussehend, aber einschüchternd! Ich hatte beinahe Angst vor ihm – ich hatte fast das Gefühl, als würde er mich hassen oder so. Da lag ich aber ganz falsch! Bei der Weihnachtsfeier kamen wir ins Gespräch, und da wußte ich, das ist der richtige Mann für mich. Ich würde es für Liebe auf den ersten Blick halten, obwohl wir uns schon jahrelang kannten, aber nie mehr als ein kühles Nicken füreinander übrig gehabt hatten.»

Als sie sich dann zum ersten Mal wirklich begegneten, zeigte Jeremy, daß er an Keiko interessiert war, brachte seine Absichten zum Ausdruck und erkundete die ihren. Besonders schwer fielen ihm die ersten Worte, die er an Keiko richtete, doch er war sehr sensibel und aufrichtig, so daß sie sich ihm öffnete. Seine Offenheit gab ihr das Gefühl, daß er ein Mann war, dem sie näherkommen wollte.

Die Blutgruppe B

Angehörige der Blutgruppe B sind Individualisten: Sie möchten alles auf ihre Weise machen und sind am glücklichsten, wenn ihr Partner ihrer Führung folgt. Selbst in äußerst intimen Situationen verhalten sie sich vernünftig und direkt. Aufgrund dieser Direktheit sind sie die am meisten mißverstandene Blutgruppe. Häufig hören sie Beschwerden, wie «Warum bist du so kalt zu mir?», «Du denkst immer so praktisch!» oder «Selbst wenn du nichts zu sagen hast, könntest du anrufen!» Der Vertreter der Blutgruppe B nimmt alles, was er macht sehr wichtig, vergißt dabei aber oft, seinem Partner mit kleinen, zärtlichen Gesten seine Zuneigung zu beweisen. Extreme Vertreter der Blutgruppe B wundern sich zum Beispiel, daß sie immer wieder «Ich liebe dich» sagen müssen. «Ist denn einmal nicht genug?» fragen sie sich.

Aber diese etwas übertriebene Sachlichkeit kann für das Liebesleben ebenfalls ein guter Grundstein sein. Die Hingabe, mit der Vertreter der Blutgruppe B alles tun, überträgt sich auch auf ihre Beziehungen. Die Angehörigen der Blutgruppe B sind besessen von ihrem Pflichtgefühl und ihrer Arbeit. Sobald sie sich für etwas oder jemanden entscheiden, dann betrachten sie es als ihre Pflicht, bis zum Ende daran festzuhalten.

Aus diesem Grund sind sie nicht nur stark motiviert, sondern auch in der Lage, eine Bindung einzugehen. Sie fragen sich in regelmäßigen Abständen, was sie tun müssen, um ihrem Partner nahe zu sein. Sie legen ihre Schutzschichten ab, um ihre wahren Gefühle zu zeigen. Wenn ein Problem in der Luft liegt, dann sind sie bereit, offen über verletzte Gefühle, Angst und Wut zu sprechen. Wenn sie erkennen, daß sie die Ursache des Problems sind und daß sie es sind, die ihr Verhalten ändern müssen, dann tun sie das, ohne zu zögern.

Das Motto des praktisch veranlagten Vertreters der Blutgruppe B lautet: Wenn es einen Sinn ergibt, dann bin ich dafür!

Helen, unsere der Blutgruppe B angehörende LKW-Fahrerin, berichtet über den schwierigen Beginn ihrer Beziehung, der beinahe dazu geführt hatte, daß sie und ihr Verlobter Bob, der die Blutgruppe A hat, sich trennten: «Sechs Monate, nachdem wir uns kennenlernten, hätte Bob mich beinahe verlassen. Ich war am Boden zerstört. Alles war doch so gut gelaufen. Doch er beschuldigte mich, distanziert und kalt zu sein und ihn nicht zu lieben. Er hatte vorher schon versucht, mit mir darüber zu reden, doch ich hatte seine Äußerungen als Überempfindlichkeit abgetan. Als er schließlich sagte, daß er mich verlassen will, war ich erstaunt, wie unglücklich er war. Es war mir nie in den Sinn gekommen, daß er mich für brutal hielt. Manchmal war ich zu beschäftigt, ihn zurückzurufen. Ich brauchte etwas Abstand, also übernachtete ich nicht immer in seinem Haus. Ich sagte ihm nur einmal, daß ich ihn liebe, vielleicht zweimal, und das auch nur deshalb, weil er mich darum gebeten hatte – ich glaubte, daß mein Verhalten doch schließlich für sich sprach! Als es zur Krise kam, erkannte ich plötzlich, daß er litt. Offensichtlich mußte ich zu Bob offener und sanfter sein, und weil ich ihn liebe, fiel mir das sogar leicht. Jetzt denke ich mir nicht nur, daß ich ihn liebe, sondern ich sage es ihm auch. Und ich versuche, es ihm auf viele verschiedene Arten zu zeigen. Wenn ich aufgrund meiner Arbeit unterwegs bin und an ihn denke, dann rufe ich ihn an, um ihm einfach zu sagen, daß er mir fehlt.»

Wie die Blutgruppe A ist auch die Blutgruppe B bereit, sich zu öffnen, zu zeigen, wer sie ist, was sie denkt, was sie fühlt. Doch während die Angehörigen der Blutgruppe A dies spontan tun, brauchen die Vertreter der Blutgruppe B manchmal einen Stoß. Sie sind sehr zielorientiert und konzentrieren sich oft zu sehr auf das, was sie gerade tun, um zu bemerken, daß sich ihr Partner vernachlässigt fühlt. Doch sobald sie erkennen, was vorgeht, widmen sie dem Problem ihre volle Aufmerksamkeit. Die Angehörigen der Blutgruppe B streben nach Selbstverwirklichung, sie möchten in ihrer Beziehung wachsen. Wie in Helens Fall machen sie, wenn nötig, gerne eine Kehrtwendung, um ihre Beziehung zu festigen. Sobald man die rauhe Schutzschicht durchdrungen hat, entpuppt sich der Betreffende als aufmerksamer und zuverlässiger Partner.

In einer intimen Beziehung sind der Angehörige der Blutgruppe B ebenso wie Angehörige der Blutgruppe A bereit, sich ihrem Partner anzuvertrauen. Gerne teilen sie ihre Gedanken und Gefühle mit, um ihrem Partner näherzukommen. Ihre vernünftige Weltsicht hilft ihnen dabei, sich klar auszudrücken. Oft besteht eine breite Kluft zwischen dem Gefühl, daß man sich einem geliebten Menschen anvertrauen kann, und dem tatsächlichen Akt des Anvertrauens. Vertreter der Blutgruppe B glauben, daß es in einer Beziehung ganz entscheidend ist, offen und ehrlich zu sein. Manchmal gehen sie sogar so weit, daß es schon an Taktlosigkeit grenzt. Sie verstehen nicht, warum man etwas nicht direkt ansprechen soll. Wenn ihr Partner ein Gewichtsproblem hat, wird die Vertreterin der Blutgruppe B freimütig sagen, daß sie schlankere Männer bevorzugt und daß es wunderbar wäre, wenn er einen oder zwei seiner Rettungsringe verlieren würde. Der Angehörige der Blutgruppe B sagt vielleicht, daß er sehr große Frauen immer schon attraktiv gefunden hat, obwohl seine Partnerin nur einen Meter fünfundfünfzig groß ist – schließlich ist es die Wahrheit, und daß er sie ausspricht, heißt nicht, daß er sie deshalb weniger liebt. Vertreter der Blutgruppe B sind sich oft nicht bewußt, daß sie mit dieser Offenheit ihre Partner sehr verletzen können.

In einer Beziehung, in der beide Partner die Blutgruppe B haben, können diese freimütigen Kommentare eine zermürbende Wirkung haben. Andrew und Lyn, ein Ehepaar Ende dreißig, beide Blutgruppe B, erzählen davon, wie ihre dauernden, gutgemeinten Moderatschläge schließlich dazu führten, daß sie sich in den Haaren lagen: «Nach einem heftigen Streit erkannten meine Frau und ich eines Tages, daß wir dauernd gegenseitig unser Aussehen kritisierten. Da wir beide äußerst eitel sind, ging uns das ernsthaft auf die Nerven. Oft fragte sie mich, ob es mir gut ginge, daß ich müde wirke. Sie bemängelte, daß der Friseur meine Haare zu kurz geschnitten habe. Dann wurden meine Haare lang und ausgefranst, und woher kamen diese kleinen Pickel, ob ich etwas Falsches aß? Diese Jeans sähen ohne Gürtel fürchterlich aus. Das ging immer weiter so – sie arbeitet in der Modebranche und glaubte, mir professionelle Ratschläge zu geben, und vermutlich waren ihre Ratschläge ja auch professionell. Ich verhielt mich keinen Deut besser – nicht um ihr irgend etwas heimzuzahlen, sondern weil ich dachte, ich würde ihr helfen. Ich sagte Dinge, wie ‹Dein Körper war so schön, als du noch getanzt hast. Du solltest weniger fett essen – es ist der Brie, der ist schuld daran!› oder ‹Nein Liebling, zieh diese Hose nicht an, dein Hintern wirkt darin zu groß!› Nach unserem Streit haben sich die Dinge geändert. Da wir beide sensibel sind, was unser Aussehen betrifft, haben wir unsere Kritik eingeschränkt. Schließlich finden wir einander doch attraktiv.»

Obwohl sie gelegentlich taktlos sind, gelingt

es den Vertretern der Blutgruppe B von allen Blutgruppen am besten, die Intimität auf lange Sicht aufrechtzuerhalten. Sobald der Partner erkannt hat, daß seine distanzierte Art einfach zur Persönlichkeit des Vertreters der Blutgruppe B gehört und daß dies nicht auf Desinteresse zurückzuführen ist, wird die Beziehung stabil und dauerhaft sein.

Was den Vertretern der Blutgruppe B an Feingefühl fehlt, machen sie dadurch wett, daß sie die Dinge im richtigen Verhältnis betrachten können. Sobald sie sich einem Problem zuwenden, versuchen sie, es aus allen Blickwinkeln zu sehen. Anfangs interpretiert der Partner das scheinbar fehlende Mitgefühl vielleicht als Beweis dafür, daß er dem Angehörigen der Blutgruppe B gleichgültig ist. Doch in Wirklichkeit reagiert der Vertreter der Blutgruppe B nur so langsam, weil er von Natur aus immer nur ein Problem nach dem anderen behandeln kann.

Die Blutgruppe 0

Angehörige der Blutgruppe 0, der geselligsten aller Blutgruppen, fällt es überraschenderweise am schwersten, den richtigen Menschen zu finden, dem sie näherkommen möchten. Sie sind extrovertiert, tatkräftig, und im allgemeinen ist man gern mit ihnen zusammen. Und doch klagen die alleinstehenden Vertreter der Blutgruppe 0 trotz der vielen guten Freunde und der Partys häufig über Einsamkeit.

Neuere psychologische Forschungen weisen darauf hin, daß es jenen Personen, die am kommunikativsten sind und am leichtesten zwischenmenschliche Kontakte schließen, durchaus schwerfallen kann, einem einzelnen Menschen näherzukommen. Das trifft besonders auf den geselligen Angehörigen der Blutgruppe 0 zu, der sich am wohlsten fühlt, wenn er sich mit mehreren Menschen gleichzeitig beschäftigen kann. Der Durchschnittsvertreter der Blutgruppe 0 strebt nicht sonderlich nach Intimität.

Auf einer Party fühlt sich der typische Vertreter der Blutgruppe 0 unwohl, wenn er zu viel Zeit mit einer Einzelperson verbringt. Wenn der Angehörige der Blutgruppe 0 von jemandem, der ihn interessant oder attraktiv findet, zu sehr in Beschlag genommen wird, fühlt er sich unbehaglich, selbst wenn er von diesem Menschen fasziniert ist. Wer weiß, wer dort noch am Buffet auf ihn wartet oder drüben an der Bar? Noch mehr lustige Menschen! Dorthin drängt es ihn, denn er könnte ja etwas versäumen. Der extreme Vertreter der Blutgruppe 0 muß jeden kennenlernen. Im Gegensatz zum alleinstehenden Vertreter der Blutgruppe A betrachtet der alleinstehende Vertreter der Blutgruppe 0 soziale Kontakte nicht als Möglichkeit, jemandem näherzukommen.

Mark, ein Concierge, der die Blutgruppe 0 hat, spricht darüber, wie schwer es für ihn ist, trotz seiner geselligen, aufgeschlossenen Art, eine vertrauliche Basis zu jemandem herzustellen: «Viele meiner Freunde gehen nur dann auf eine Party, wenn sie dort jemanden kennen – bei mir ist das anders! Wenn ich auf eine Party gehe, dann möchte ich so viele neue Menschen wie nur möglich kennenlernen. Oft breche ich ein Gespräch mit jemandem ab, weil ich das Gefühl habe, zu viel Zeit mit ihm zu verbringen. Ich muß mich unter die Leute mischen. Wenn ich jemanden interessant finde, dann

sage ich mir, ich kann noch immer später zu-
rückkommen und das Gespräch wiederaufneh-
men. Doch wenn man so viele Leute treffen
muß, dann komme ich vermutlich oft nicht
wieder zur selben Person zurück. Wenn ich
eine Gruppe von Menschen sehe, dann gehe
ich einfach auf sie zu und steige in das Gespräch ein. Ich genieße es, im Mittelpunkt zu
stehen; ich erzähle den Leuten Witze und Geschichten. Man versammelt sich um mich, man
will mich kennenlernen, das ist großartig! Mein
großes Problem ist, daß es so viele Menschen
gibt, daß es mir schwerfällt, mich nur mit einer
Person anzufreunden. Ich versuche es zwar,
aber hier bin ich, dreiundvierzig, ein guter
Fang und noch alleinstehend.»

Doch wenn ein Vertreter der Blutgruppe 0
wirklich an jemandem interessiert ist, dann
stellt seine kontaktfreudige Art wieder eine
Hilfe dar. Während der Angehörige der Blutgruppe AB vielleicht nicht den Mut aufbringt,
den Menschen, den er so attraktiv findet, anzusprechen, fällt es dem Angehörigen der Blutgruppe 0 leicht, die Initiative zu ergreifen. Seine Geselligkeit – und seine jahrelange Übung
darin – machen ihn besonders empfänglich für
die Signale, die die andere Person aussendet.

Wenn diese Person reserviert erscheint, dann geht der Vertreter der Blutgruppe 0 vorsichtig vor; wenn die oder der Betreffende ebenfalls extrovertiert ist, dann ist der Vertreter der Blutgruppe 0 etwas ungestümer. In solchen Situationen wird der Angehörige der Blutgruppe 0 zum gesellschaftlichen Superdiplomaten.

Die meisten Menschen sprechen mit einem möglichen Partner gerne über Dinge, die sie interessieren. Weil der Angehörige der Blutgruppe 0 extrovertiert ist, richtet er sein Augenmerk auf seine Umgebung: Er möchte den Menschen, den er attraktiv findet, zum Reden bringen, damit er ihn besser kennenlernt. Der Vertreter der Blutgruppe 0 zeigt echtes Interesse an anderen, was das Bedürfnis, ihm näherzukommen, wecken kann. Der Angehörige der Blutgruppe 0 hat keinerlei Berührungsängste – er liebt die Nähe und den körperlichen Kontakt, was dem Partner zu Beginn einer Beziehung das Gefühl gibt, daß er liebenswürdig, positiv und sanft ist.

Die extrovertierte Art des Vertreters der Blutgruppe 0 macht ihn auch besonders mitfühlend. Er ist mehr daran interessiert, was der Partner denkt oder tut, als daran, was in ihm selbst vorgeht. Wenn sein Partner ein Problem hat, drückt er sein Mitgefühl und seine Anteilnahme aus. Während ein Angehöriger der Blutgruppe B wahrscheinlich etwas länger braucht, um zu spüren, daß etwas nicht stimmt, nimmt der Vertreter der Blutgruppe 0 Veränderungen rasch wahr. Der Angehörige der Blutgruppe 0 ist besonders kommunikativ und kann daher sein Verständnis und seine Unterstützung für seinen Partner gut formulieren.

Für Vertreter der Blutgruppe 0 sind ihre zwischenmenschlichen Fähigkeiten zu Beginn einer Beziehung ungeheuer nützlich. Sie können einschätzen, was ihr Gegenüber von ihnen hält, während sie sich selbst Fragen wie «Ist er der Richtige für mich?», «Haben wir genug Gemeinsamkeiten?», «Ist sie wirklich interessiert an mir?» beantworten. Angehörige der Blutgruppe 0 können die unabsichtlich ausgesandten Zeichen und Signale ihrer Mitmenschen gut interpretieren.

Keiko – Sie erinnern sich: Blutgruppe 0 und verheiratet mit Jeremy (Blutgruppe A) – sagt, daß ihr in den ersten Minuten ihres Gesprächs mit Jeremy, ihrem späteren Mann, klar wurde, daß er der richtige für sie war: «Das erste, was er mir erzählte, war, daß er die Sprache der Mohawk studiere, was mir wirklich imponierte. Ich dachte: ‹Das ist faszinierend! Dieser Mann ist so interessant! Mohawk, toll! Wie originell! Spanisch, Französisch, na ja, aber Mohawk?› Er war schüchtern, aber ich konnte sehen, daß er mich genauso attraktiv fand wie ich ihn. Er wollte mich beeindrucken, und ich ließ keinen Zweifel daran, daß ich beeindruckt war! Ich meine, da war er, dieser große, attraktive Mann aus Philadelphia, der Mohawk lernte. Ich brachte ihn also zum Reden, und mein Interesse löste seine Zunge. Ich hatte irgendwo gelesen, daß die Mohawk sehr lange Wörter verwenden, wie etwa *Ding-aus-Metall-in-dem-Holz-verbrannt-wird-um-Essen-zu-kochen* für «Ofen». Also sagte ich ihm, daß ich mich frage, ob die Länge der Wörter die Einstellung der Mohawk zur Zeit widerspiegle. Es klingt albern, ich weiß, aber es brachte ihn zum Nachdenken.»

Psychologische Studien haben gezeigt, daß es für gewöhnlich die Männer sind, die die Frauen dazu bringen, Informationen preiszugeben, während sie prüfen, ob sie zueinander passen, bevor sie eine Beziehung eingehen. In Keikos Fall übernahm sie, als die extrovertierte Angehörige der Blutgruppe 0, die Initiative. In ihrem ersten Gespräch sammelte Keiko, in der für ihre Blutgruppe typischen Art, eine Menge nützlicher Daten, die ihr zeigten, daß Jeremy und sie zusammenpaßten. Während sie das Gespräch geschickt steuerte, erforschte sie seine Persönlichkeit und zeigte ihm deutlich, daß sie an ihm interessiert war.

Die Blutgruppe AB

Mit ihrer vielschichtigen Persönlichkeit sind die Angehörigen der Blutgruppe AB die faszinierendste Blutgruppe, wenn es um Beziehungen geht. Mit ihnen zusammenzusein kann sowohl aufregend und interessant als auch beunruhigend sein. Sie lassen sich nicht festnageln, und man weiß bei ihnen nie so genau, wie es in der Beziehung weitergehen wird.

Zukünftige Partner finden den Angehörigen der Blutgruppe AB vom ersten Augenblick an unwiderstehlich. Er wirkt ungewöhnlich, stellt erstaunliche Fragen, betrachtet die Dinge aus überraschenden Blickwinkeln. Wenn der Vertreter der Blutgruppe AB an jemandem interessiert ist, fühlt sich der Betreffende in seiner Gegenwart wohl, obschon ihn seine Fragen in Verlegenheit bringen können. Harriet, die

selbst Blutgruppe A hat, erinnert sich daran,
wie sie ihren Mann, Blutgruppe AB, kennengelernt hat: «Ich traf meinen Mann auf einer
Wohltätigkeitsveranstaltung des Roten Kreu-
zes im Jahr 1971. Ich erinnere mich gut an diesen Tag. Er kam auf mich zu, und ich war wie
gebannt – unfähig, mich zu bewegen oder zu
sprechen. Er stellte mir jede Menge Fragen, und
ich antwortete ihm fast mechanisch. Es war unglaublich intensiv. Mittendrin schlug er vor,
mir seine Briefmarkensammlung zu zeigen –
ob Sie es glauben oder nicht –, also stellte ich
mein Sektglas beiseite und verließ die Veran-
staltung noch vor dem Abendessen. Das habe
ich noch nie zuvor bei jemand anderem getan,
und bis zum heutigen Tag kann ich es kaum
glauben, daß es sich so abgespielt hat.»

Intensive Gefühle, ein wichtiger Teil einer
Beziehung, sind für den Vertreter der Blutgruppe AB ganz natürlich, und diese Intensität
weckt er auch in seinem Partner. Wenn sich
zwei Menschen näherkommen, so ist das eine
komplizierte Sache, und der sensible und stürmische Vertreter der Blutgruppe AB versteht es
ausgezeichnet, eine sich gerade entwickelnde
Beziehung zu lenken und zu steuern.

In einer Krisensituation sind Angehörige der

Blutgruppe AB ausgesprochen objektiv. Sie blicken unter die Oberfläche dessen, was ihr Partner tut oder sagt, und sind deshalb nicht so schnell verletzt wie andere Blutgruppen, wenn ihr Partner scheinbar kalt und schroff ist. Statt eine Auseinandersetzung als Beweis dafür zu sehen, daß die Beziehung nicht funktioniert oder daß ihr Partner einfach streitsüchtig ist, sucht der Vertreter der Blutgruppe AB den Grund für das Problem.

Weil sie die flexibelste aller Blutgruppen ist, sind die Angehörigen der Blutgruppe AB auch am geschicktesten darin, ihr Verhalten den Bedürfnissen des Partners anzupassen. Sie bemühen sich, im Laufe der Beziehung zu lernen und sich weiterzuentwickeln, wobei sich ihr Charakter leicht verändert. So kann es beispielsweise vorkommen, daß sie spüren, wenn ihr Partner mehr Offenheit von ihnen braucht oder wenn es besser wäre, Probleme auszusprechen oder auch einfach nur zärtlicher zu sein. Sobald die Vertreter der Blutgruppe AB ein Problem erkannt haben, gehen sie rasch darauf ein und setzen alles daran, eine für beide Partner zufriedenstellende Lösung zu finden.

Die Angehörigen der Blutgruppe AB akzep-

tieren ihren Partner so wie er ist. Das heißt, sie
versuchen nicht, ihn zu ändern, damit er einem
vorgefaßten Bild entspricht. Doch sie gewähren
ihrem Partner nicht nur viel Freiheit, sie beanspruchen auch ihren eigenen Freiraum. Selbst
in der engsten Beziehung bewahren sie sich
eine Art Schutzschild, weil sie bis zu einem
gewissen Grad unabhängig bleiben wollen,
egal wie intensiv oder innig die Beziehung sein
mag. Das hilft ihnen dabei, ihre vielschichtige
Persönlichkeit zu organisieren – ihre komplexe
Natur, wie es die französischen Experten nennen. Der zerbrechliche Schutzwall, den Angehörige der Blutgruppe AB um sich herum aufbauen, veranlaßt ihre Partner oft dazu, sie zu
idealisieren. Den Vertretern der Blutgruppe AB
gelingt es unbewußt, ihren Beziehungen eine
geheimnisvolle Note zu geben. So bewundert
die Frau ihren Mann mit der Blutgruppe AB,
weil sie glaubt, daß sein Beruf als Schriftsteller
ihm eine geradezu metaphysische Aura verleiht, zu der sie keinen Zugang hat. Und ganz
ähnlich geht es dem Anwalt, für den der Beruf
seiner Frau – eine Journalistin, ebenfalls mit
Blutgruppe AB – etwas Faszinierendes, Ge-
heimnisvolles ausstrahlt.

Michelle, die Ballerina, die wir bereits ken-

nen, sagt, daß ihre intensive Arbeit in der Welt
des Tanzes, einer Welt, die ihrem Mann ver-
sperrt bleibt, als Katalysator für ihre Beziehung
dient: «Ich habe immer betont, daß ich meinen
Freiraum brauche. Ich habe früh geheiratet,
noch als Teenager. Das ist jetzt über zehn Jahre
her, aber mein Mann versteht, daß ich zwei
getrennte Leben führe: das auf der Bühne und
das mit ihm. An vielen Tagen verbringe ich
acht, neun oder sogar zehn Stunden mit Proben
und Auftritten am Theater – und er hat damit
ganz und gar nichts zu tun. Er kommt zu Pre-
mieren und Galas und Benefizveranstaltungen,
aber das war's dann. Nachdem ich den ganzen
Tag getanzt habe, bin ich froh, alles hinter mir
lassen zu können und ihm nahe zu sein. Ich
freue mich darauf, zu ihm nach Hause zu kommen; nach einem schlechten Tag ist er mein
einziger Lichtblick! Wir essen fast immer aus-
wärts. Ich trinke gerne ein oder zwei Gläser
guten Rotwein. Nach all diesen Jahren ist es
beinahe so, als ob wir uns gerade erst kennengelernt hätten und uns zu einem Rendezvous
träfen. Ich glaube, wenn man mit dem Menschen, den man liebt, nicht so viel Zeit verbringen kann, wie man will, dann sind die Phasen des Zusammenseins noch viel kostbarer.»

Weil die Angehörigen der Blutgruppe AB ihren Freiraum beanspruchen, bleibt die Beziehung immer frisch und neu. Aber oft erfährt der andere sie auch als zurückhaltend und verschlossen.

In einer Beziehung ist es nur ein kleiner Schritt von einem angemessenen Zeitraum, den man getrennt verbringt, zu dem, was die Psychologen als Distanz bezeichnen – wenn ein Partner sich darum bemüht, jegliche Intimität zu verhindern. Die Vertreter der Blutgruppe AB neigen oft dazu, sich von ihren Partnern zu distanzieren. Besonders wenn sie unter Streß stehen, errichten sie eine dicke Mauer um sich herum. Sie tun das nicht nur, um sich selbst zu schützen, sondern weil sie die Abgeschiedenheit brauchen, um ihre Probleme zu lösen. Das ist häufig ein Grund für Spannungen in ihren Beziehungen: Der Partner mit der Blutgruppe AB wird übertrieben nachdenklich, für gewöhnlich geht es dabei um seine Arbeit, er zieht sich zurück und verhält sich abweisend. Sein Partner vermutet, daß mit der Beziehung etwas nicht stimmt, und spricht den anderen darauf an – woraufhin dieser sich nur noch weiter zurückzieht.

Marty, Michelles Mann, der die Blutgruppe B

hat, sagt, daß ihre Beziehung anfangs etwas holprig war, bis er erkannte, daß sie aufgrund ihrer Arbeit oft angespannt war und er ihr nicht genug Verständnis und Unterstützung entgegenbrachte, wenn sie es brauchte:

«Zu Beginn unserer Beziehung stritten wir viel. Es gab Zeiten, in denen Michelle absolut schlechter Laune war, wenn sie von der Probe zurückkam. Eine halbe Stunde oder so bemerkte ich gar nichts, aber dann steigerte sich ihr Zustand langsam. Das konnte ein paar Tage dauern. Sie war kühl, sprach kaum mit mir, und irgendwann dachte ich: ‹Das war's dann wohl!› Ich war wirklich deprimiert und dachte sogar an Scheidung. Jetzt, nach all diesen Jahren weiß ich, daß es ihre Art ist, sich manchmal zurückzuziehen, um ihre Probleme zu lösen. Es gibt einfach Zeiten, in denen sie ihren Freiraum braucht. Nun bemühe ich mich darum, sie in diesen Situationen so gut wie möglich zu unterstützen, selbst wenn ich meine, daß ich selbst Probleme habe, um die ich mich kümmern sollte. Seitdem kann ich mir gar keine bessere Beziehung vorstellen.»

Jede Beziehung zwischen zwei Menschen, von der flüchtigen Freundschaft bis zur stabilen Ehe, ist unbeständig und kompliziert und muß sorgfältig gehegt und gepflegt werden. Angehörige der Blutgruppe AB sind aufgrund ihrer Vielschichtigkeit vielleicht nicht die einfachsten Partner, aber sie sind auf jeden Fall bereit, alles Mögliche zu tun, damit eine Beziehung funktioniert.

KAPITEL 5
Blutgruppen und die feste Beziehung

Die Blutgruppe A

Verheiratete Vertreter der Blutgruppe A sind Meister der Kommunikation. Sie reden nicht einfach nur über die Dinge, sie gehen ihnen auf den Grund. In einer Krise versuchen sie, die Ursache des Konfliktes herauszufinden, und sobald ihnen das gelungen ist, streben sie nach einer geeigneten Lösung. Bei Auseinandersetzungen suchen sie nach Gemeinsamkeiten, statt sich über das tatsächliche Problem zu streiten. Angehörige der Blutgruppe A konzentrieren sich nicht nur auf die Krise, sondern sie suchen nach dem, was dahintersteckt. Der Vertreter der Blutgruppe A sagt: «Wir reden nicht miteinander! Warum?», und nicht: «Wir reden nicht miteinander! Das ist deine Schuld!»

Die Angehörigen der Blutgruppe A sind zutiefst sensibel und tiefgründig. Wenn ihr Mann zum Beispiel ständig aggressiv ist, wird die Ehefrau mit der Blutgruppe A nicht sagen: «So ist er eben!», sondern sie wird versuchen, eine Klärung der Situation herbeizuführen, damit er wieder ausgeglichener reagiert.

Es kann eine ganze Weile dauern, bis der Vertreter der Blutgruppe A ein Problem erkennt, aber dann wird er es rasch bewältigen. Angela, eine Krankenschwester mit der Blutgruppe A, Mitte vierzig, sagt: «Das Frühstück ist etwas Besonderes für uns, weil wir beide arbeiten und uns dann erst am Abend wiedersehen. Marvin macht den Speck und die Eier, ich hole die Zeitung und decke sorgfältig den Tisch – es ist eine Art Ritual. Aber Marvin kann launisch sein, manchmal sogar richtig gemein. Dann schimpft er mit mir wegen Kleinigkeiten und regt sich auf, wenn ich kleine Teller für das Brot bereitstelle, statt das Brot direkt aus dem Korb zu nehmen. Oder er fragt mich, warum ich die Servietten auf derart lächerliche Art und Weise falte. Wenn er so ist, dann kommt bei mir die Botschaft an: ‹Du bist eine solche Idiotin, Angela, du machst mich krank!› Das ging mehrere Jahre so. Ich hielt es für eine Art morgendliche Laune, bis ich erkannte, daß da mehr dahinter sein muß. Ich setzte mich hin und dachte darüber nach, und plötzlich wurde mir klar, daß Sex dahintersteckte. Marvin will häufig Sex, bevor wir aufstehen, aber ich bin einfach kein Morgenmensch! Ich beobachtete sein Verhalten über eine gewisse Zeit und stellte fest, daß er an den Tagen, an denen wir zusammen geschlafen hatten, immer lieb und nett war. Dann sprachen wir über die Sache, und merkwürdigerweise war ihm gar nicht klar, was er tat. Ich verstand ihn, er verstand mich, und jetzt können wir mit dem Problem umgehen.»

In einer Ehe ist es wichtig, seinen Standpunkt zum Ausdruck zu bringen und klärende Gespräche zu führen. Und es ist wichtig, daß beide Partner ihren Beitrag zu dieser Kommunikation leisten. Der Angehörige der Blutgruppe A versucht, seinen Partner in einen Dialog einzubinden, der die scharfen Kanten in einer Beziehung glätten kann. Obwohl der Vertreter der Blutgruppe A von Natur aus nicht so analytisch ist wie der Vertreter der Blutgruppe B, unterzieht er seine eigenen Reaktionen und die seines Ehepartners gern einer eingehenden Betrachtung, um Probleme zu vermeiden.

Doch wenn der Angehörige der Blutgruppe

A einmal damit begonnen hat, die Beziehung unter die Lupe zu nehmen, ist er nur schwer aufzuhalten. Dinge, die der Ehepartner vor Jahren einmal gesagt hat, kommen wieder zur Sprache: Er zerlegt, wägt ab und versucht rational zu erklären, warum dieses oder jenes gesagt oder getan wurde. Es kann besonders schwer sein, mit einem Ehemann, der die Blutgruppe A hat, zu leben, weil Ehemänner mit der Blutgruppe A ihre Frauen wahnsinnig machen, weil sie ständig nörgeln und meckern und sie auf sonstige, wenn auch zumeist unbeabsichtigte Weise, quälen. Wenn beide Partner ausgeprägte Vertreter der Blutgruppe A sind, dann kann es sein, daß sie sich beim Lösen ihrer Konflikte immer tiefer hineinreiten. Seth, ein Anwalt mit der Blutgruppe A, Mitte dreißig, sagt, daß manchmal die Fetzen fliegen, wenn er und seine Frau miteinander diskutieren: «Manchmal, wenn meine Frau und ich damit beginnen, über Probleme zu reden, dann geraten wir tiefer und tiefer hinein. Wir debattieren darüber, warum wir was weshalb und wie oft gesagt oder getan haben. Wir fragen: ‹Wodurch wurde dieses Verhalten ausgelöst?›, ‹Worüber haben wir uns geärgert?›, ‹Weshalb warst du so feindselig?› Ab und zu geraten wir so tief in die Sache hinein, daß wir uns dann wie verrückt abstrampeln, um wieder heraus-zukommen. Es ist eine Art analytischer Sumpf, in den wir da geraten. Es kann so schlimm werden, daß wir schließlich in schallendes Ge-lächter ausbrechen, weil wir uns selbst komisch finden. In diesen Augenblicken ist es Humor und nichts als Humor, der unseren Hintern ret-tet. Ich glaube dennoch, daß es immer besser ist, über die Dinge zu reden, besonders wenn man seiner Frau wirklich nahe ist. Das ist bes-ser als so zu tun, als ob es keine Probleme gäbe.»

Wie Seth sagt, kann es gefährlich sein, Aus-einandersetzungen völlig zu vermeiden. Da die Angehörigen der Blutgruppe A eher introver-tiert sind, können sie sich plötzlich völlig zu-rückziehen, wenn es ihnen mehrmals mißlun-gen ist, ein Problem zu lösen. Die riskante *Vogel-Strauß-Politik*, bei der einer oder beide Partner ihre Augen vor einem Eheproblem ver-schließen, kann dazu führen, daß sich unge-löste Konflikte anhäufen, die schließlich die Ehe gefährden. Vertreter der Blutgruppe A, de-nen so etwas passiert, riskieren es, sich irgend-wann in einer Beziehung wiederzufinden, in der sie zwar so tun, als ob sie eine warme und

liebevolle Ehe führten, aber jede Menge unter-
drückten Ärger und Groll mit sich herumtra-
gen.

Angehörige der Blutgruppe A wollen den
Menschen, die sie lieben, nahe sein. Zahlreiche
Persönlichkeitstests zeigen, daß die Vertreter
der Blutgruppe A besonders liebevolle, übermäßig fürsorgliche und sensible Menschen
sind.

Sie sind Meister in der Handhabung ihrer
persönlichen Angelegenheiten. Sie sind nachdenklich und nach innen gerichtet, wissen genau, was in ihrem Geist vorgeht. Aber manchmal können sie sich so sehr im Nachdenken
verlieren, daß sie gar nicht merken, was ihren
Ehepartner gerade beschäftigt. Wie die Angehörigen der Blutgruppe B können auch die Angehörigen der Blutgruppe A so egozentrisch
sein, daß sie hin und wieder einen Schubs brauchen, der sie aus ihrer eigenen kleinen Welt
bringt.

Die Vertreter der Blutgruppe A sind übermäßig empfindlich und leicht verletzbar. Oft
beobachten sie ihren Ehepartner, um erkennen
zu können, was er ihnen gegenüber fühlt.
Selbst in äußerst guten Beziehungen sind die
Angehörigen der Blutgruppe A manchmal ver-

letzlich und unsicher. Wie die französischen Experten betonen, ist A die harmonischste aller Blutgruppen, die alles tut, um den Status quo zu bewahren.

Harold, ein fünfzigjähriger Tischler mit der Blutgruppe A, der mit einer Lehrerin mit der Blutgruppe AB verheiratet ist, sagt, daß Rationalität und ein wenig Zärtlichkeit sehr zum Gelingen einer Partnerschaft beitragen: «Meine Frau und ich kommen gut miteinander aus. Zumindest mittlerweile. Wenn die Kinder in der Schule sind, haben wir mehr Zeit füreinander. Früher haben wir dauernd gestritten, sogar auf unserer Hochzeitsreise. Wir hatten das Gefühl, nicht wirklich zusammenzupassen. Ich versuchte, alles richtig zu machen, doch was ich auch tat, es verschlimmerte die Lage nur noch. Es war schwer, und wir dachten sogar an Scheidung. Aber wir haben uns immer geliebt und erkannten, wie wichtig das war. Jetzt streiten wir nur noch selten. Wenn sie über etwas verärgert scheint, frage ich nur, ob es ihr gut geht und ob ich etwas falsch gemacht habe. Ich spüre immer, wenn sie über etwas beunruhigt ist, selbst wenn es nur eine Kleinigkeit ist.»

Die Ehe bringt auch Veränderungen mit sich, und das ist interessanterweise eine der größten

Hürden für den Vertreter der Blutgruppe A. Wie Harold sagte, war der Beginn der Ehe die stürmischste Zeit. Die schwierigste Phase für einen Angehörigen der Blutgruppe A ist die, wenn er mit seinem Partner zusammenzieht. Die meisten Paare, egal welche Blutgruppe sie haben, wissen nicht, wie problematisch dieser Abschnitt sein kann. Aber die Vertreter der Blutgruppe A, die jede Veränderung meiden, trifft es am schwersten. Nachdem die Liebenden zusammengezogen sind, müssen sie plötzlich viele ihrer Angewohnheiten aufgeben. Kleine Dinge, wie etwa im selben Bett schlafen, sich das Badezimmer teilen, eine Talk-Show statt Fußball schauen, können vor allem für den Angehörigen der Blutgruppe A, der so unflexibel ist, ziemlich nervig sein.

Für den Vertreter der Blutgruppe A reicht es nicht, starke Gefühle für seinen Partner zu empfinden. Zu einer guten Ehe gehört, daß man Probleme auf rationale Weise zu lösen und auf kreative Weise zu überwinden versucht. Die größte Stärke der Angehörigen der Blutgruppe A besteht darin, daß sie versuchen, in ihrer Ehe rücksichtsvoll und kommunikativ zu sein und viel gemeinsam mit ihrem Ehepartner zu unternehmen.

Die Blutgruppe B

Können Vertreter der Blutgruppe B, die so extrem rational sind, eine wirklich enge Beziehung eingehen? Kann man einen Angehörigen der Blutgruppe B heiraten und eine glückliche Ehe mit ihm führen?

Obwohl die Experten der Meinung sind, daß Vertreter der Blutgruppe B ihre Gefühle nur schlecht ausdrücken können, besitzen sie doch Eigenschaften, die sie vielleicht zu den besten Ehepartnern überhaupt machen. Wenn Vertreter der Blutgruppe B jemanden lieben, dann entscheiden sie sich rasch und drücken ihre Gefühle klar und deutlich aus. Diese Offenheit erleichtert dem Partner die Entscheidung, ob er sich auf ihn einlassen soll. Das heißt, wenn einer der beiden Partner die Blutgruppe B hat, dann zieht man rasch zusammen; wenn beide die Blutgruppe B haben, dann geht es beinahe schnurstracks zum Standesamt.

Vertreter der Blutgruppe B lassen sich rasch und klar auf eine Beziehung ein: Wenn sie den richtigen Menschen treffen, wissen sie es, und wenn ihre Gefühle erwidert werden, dann sind sie bereit, sich sofort zu binden.

Carol, eine dreiunddreißig Jahre alte Malerin

mit der Blutgruppe B, die mit Rod, einem drei-
ßigjährigen Anwalt, ebenfalls Blutgruppe B,
verheiratet ist, sagt, daß sie sich trotz ihrer ka-
tholischen Erziehung so stark zu einander hingezogen fühlten, daß sie sich gleich in eine Beziehung stürzten: «Ich traf meinen Mann in der
Abteilung mit den Oliven in unserem Supermarkt. Als ich ihn sah, warf es mich beinahe
um. Er war attraktiv, groß und wirkte so sensibel! Ich hätte niemals gedacht, daß mir so
etwas passieren kann. Ich meine, zumindest
nicht im Supermarkt! Ich bin katholisch, also
schnappte ich mir die Oliven und flüchtete in
einen anderen Gang. Und da war er wieder. Ich
konnte nicht weg! Ich mußte ihn einfach an-
starren und konnte gar nicht glauben, was ich
tat. ‹Carol›, sagte ich mir selbst, ‹du bist dabei,
mitten im Supermarkt einen Mann aufzurei-
ßen! Wohin soll das noch führen?› Ich zahlte,
und er stand an der Kasse nebenan. Ich ging,
und er folgte mir. Ich eilte die Straße hinunter,
aber nicht schnell genug. Zehn Minuten später
waren wir in meiner Wohnung. Ich konnte es
nicht glauben! Er konnte es auch kaum glauben, und dabei ist er auch katholisch! Er war
Anwalt und alleinstehend. Ich hatte gerade ein
paar Kurzgeschichten von Puschkin gelesen,

und es stellte sich heraus, daß er Russisch und Jura studiert hatte und Puschkin im Original las. Das war ja ein Ding! Der Rest ist nicht jugendfrei, aber vier Monate später heirateten wir.»

Sobald er einmal verheiratet ist, kommt die praktische Seite des Vertreters der Blutgruppe B zum Vorschein. Liebe allein genügt nicht, um eine stabile Ehe zu gewährleisten. Es sind die eher nüchternen Aspekte, wie die Finanzplanung, die Hausarbeit, gemeinsame Entscheidungen, die zum Tragen kommen. Eigenschaften wie Beständigkeit, Ausdauer, Logik und Organisationstalent sind von entscheidender Bedeutung – Fähigkeiten, die den Angehörigen der Blutgruppe B besonders zugesprochen werden.

Die Vertreter der Blutgruppe B betrachten ihre Ehe als ein Projekt, an dem man ständig arbeiten muß. Die neuesten Forschungsergebnisse belegen, daß jene Paare, die am besten organisiert sind, auch die glücklichsten sind. Die Angehörigen der Blutgruppe B sind pragmatisch. Jede Handlung, jede Entscheidung muß für sie einen Sinn ergeben. Deshalb planen und organisieren sie auch ihren Ehealltag.

Sie arbeiten Gesprächstaktiken aus, die darauf abzielen, Gefühle und Probleme offen auszusprechen. Haushaltsarbeiten und die Kinderbetreuung werden zwischen beiden Partnern aufgeteilt. Die Freizeit wird geplant, damit Mann und Frau gemeinsam entspannen und Dinge tun können, die ihnen beiden Spaß machen. Eric, ein Lektor und Schriftsteller mit der Blutgruppe B, sagt: «Ich bin in meiner Ehe sehr systematisch. Meine Frau und ich sind schon seit über dreißig Jahren ein gut funktionierendes Team, und einer der Gründe dafür ist, daß wir die alltäglichen Kleinigkeiten mit Logik und System erledigen. Wir sind beide ganztägig im Verlagswesen tätig, so daß wir uns zum Beispiel die Hausarbeiten gleichmäßig aufteilen. Dinge, die wir gerne tun, wie etwa Kochen, machen wir gemeinsam. Bei Arbeiten, die wir beide nur ungern verrichten, wie etwa Geschirr spülen oder die Badezimmer reinigen, wechseln wir uns ab. Auf diese Weise bekommt keiner von uns nur die langweiligen Aufgaben.»

Die direkte, logische Art der Blutgruppe B hat aber auch ihre Schattenseiten. Die Betreffenden können sehr autoritär sein. Wenn sie überzeugt davon sind, daß sie recht haben, bleiben sie stur und beharren auf den Regeln – ihren Regeln.

Von allen Blutgruppen ist die Blutgruppe B am rationalsten, systematischsten und methodischsten, wenn es darum geht, sich anzupassen. Der Vertreter der Blutgruppe B bezieht alle seine eigenen Erfahrungen ein, stimmt alles auf seinen speziellen Rhythmus ab und kümmert sich ganz und gar nicht darum, wie seine Mitmenschen darauf reagieren. Er versucht sogar, seiner Umgebung seinen Rhythmus aufzuzwingen und wird sich dessen nur bewußt, wenn sein Umfeld rebelliert.

Außerdem glaubt er für alles, was geschieht, verantwortlich zu sein. Er ist der Ansicht, daß es letztendlich nur an ihm liegt, ob er in der Ehe glücklich ist. Wenn etwas schiefgeht, dann wird es der Angehörige der Blutgruppe B nicht automatisch dem Schicksal, seinem Ehepartner, dem Leben, seinen Kindern oder seinem Job zuschreiben. «Wenn etwas nicht richtig funktioniert», sagt er, «dann muß ich es in Ordnung bringen.»

Die Blutgruppe 0

Die Natur hat den Angehörigen der Blutgruppe 0 mit allem ausgestattet, was für eine erfolgreiche und interessante Partnerschaft notwendig ist. Er ist liebenswürdig und extrovertiert und amüsiert sich gern. Er geht gern aus, ist gesellig und unternimmt ungewöhnliche und aufregende Dinge. Wenn die Angehörigen der Blutgruppe 0 diese Abenteuerlust in ihre Ehe einbringen, dann sprühen die Funken.

Die Vertreter der Blutgruppe 0 sind in der Ehe freundschaftlich. Sie versuchen, freundlich und herzlich zu bleiben, selbst wenn die Dinge einmal schlecht laufen. Sie haben einen Sinn für Humor, und ihr Verhalten ihren Mitmenschen gegenüber ist sehr gleichmäßig und ausgewogen. Weil sie von Natur aus extrovertiert sind, nehmen sie eher wahr, was um sie herum vorgeht, als das, was sich in ihrem Inneren abspielt. Während sich der Vertreter der Blutgruppe B zum Beispiel auf seine eigenen Gedanken und der Vertreter der Blutgruppe A auf seine persönlichen Gefühle konzentriert, geht der Angehörige der Blutgruppe 0 wahrscheinlich eher auf seinen Partner ein.

Die Vertreter der Blutgruppe 0 handeln. Sie lieben es, etwas gemeinsam zu unternehmen, das den Zusammenhalt der Familie stärkt. Während der Angehörige der Blutgruppe B etwas mit dem Ehepartner unternimmt, weil es sich grade so anbietet, machen dem Angehörigen der Blutgruppe 0 gemeinsame Aktivitäten einfach Spaß. Und wenn die gemeinsamen Aktivitäten Spaß machen, dann spiegelt sich das in den Gefühlen für den Partner wider.

Etwas miteinander tun kann eine Beziehung festigen und die Partner einander näherbringen, denn wenn die Partner so wenig Zeit wie möglich miteinander verbringen, dann werden sie sich unweigerlich auseinanderentwickeln. Alltägliches, wie gemeinsam joggen, gemeinsam essen oder auch nur die Lieblingssendung im Fernsehen ansehen, kann dafür sorgen, daß zwei Menschen einander näherkommen.

Raphael, der bereits zitierte Literaturagent mit der Blutgruppe 0, berichtet, daß selbst die Hausarbeit eine besondere Bedeutung bekommen kann: «Nach einem stürmischen Tag im Büro bin ich froh heimzukommen. Mein Zuhause ist wie ein sicherer Hafen für mich, ob-

wohl ich zwei Kinder im Alter von zwei und
sechs Jahren habe. Was meine Kinder angeht,
bin ich wirklich ein Familienmensch. Aber mir
ist auch besonders wichtig, wann immer es
möglich ist, Zeit allein mit meiner Frau zu verbringen. Wir machen vieles gemeinsam, einfach kleine Dinge. Ich wasche das Geschirr, sie
trocknet ab. Wir fahren in den Supermarkt und
kaufen groß ein. Kleine, langweilige, alltägliche
Dinge wie diese bekommen eine besondere
Bedeutung, wenn Job und Kinder einen beinahe mit Haut und Haar auffressen. Natürlich
spüren meine Frau und ich diese Belastung
häufig, aber wir haben auch viel Spaß. Einmal
pro Woche oder alle zwei Wochen kommt ein
Babysitter, damit wir ins Theater gehen oder
uns mit Champagner, Kaviar und Tanz einen
gemütlichen Abend machen können. Das Leben ist hart, deshalb ist es besonders wichtig,
daß man sich ab und zu auch einmal richtig
amüsiert.»

Die größte Stärke der Angehörigen der Blutgruppe 0 ist ihre Flexibilität. Mit den Heraus-
forderungen des Ehelebens, mit denen die
Jungvermählten zunächst zu kämpfen haben,
kommen sie am besten zurecht. Sie fühlen sich
nicht so sehr unter Druck wie die Blutgruppe A

oder B, wenn es darum geht, ihr Verhalten zu ändern.

Diese Flexibilität wirkt sich während des gesamten Ehelebens zu ihren Gunsten aus. Ihr Verhalten ist im allgemeinen keineswegs vorhersehbar, was sie zu interessanten Ehepartnern macht. Sie sind spontan und unternehmungslustig. Sie beschließen vielleicht zehn Minuten bevor sich der Vorhang hebt, ins Theater zu gehen, oder sie buchen am späten Freitagnachmittag eine Wochenendreise, wobei sie manchmal realistische Details übersehen, wie zum Beispiel, ob sie sich das leisten können. Spaß ist ihnen immer wichtiger als überlegte Planung. Sachlichkeit, die Stärke des Angehörigen der Blutgruppe B, ist für den Vertreter der Blutgruppe 0 nur schwer zu verkraften, und seine leichtsinnige Haltung kann manchmal zu einem Hindernis werden.

Der Angehörige der Blutgruppe 0 kann sich spontan in seine Umgebung integrieren, sich ändern, wenn die Umgebung sich ändert, sich mit ihr entwickeln – ohne an der Spitze zu sein und ohne hinterherzuhinken.

Doch wenn man in einer Ehe zu anpassungsfähig ist, kann das auch Probleme mit sich bringen. Wenn es zwischen einem Paar Unstimmig-

keiten gibt und ungelöste Konflikte einen
Partner übermäßig belasten, dann gibt es zwei
Möglichkeiten, damit umzugehen. Man kann
sich dem Problem direkt stellen und versuchen,
es zu bereinigen, oder man kann seine Einstellung ändern, also lernen, mit dem Problem zu
leben. Die Vertreter der Blutgruppe 0 neigen
eher zu letzterem.

Weil sie von Natur aus flexibel sind, kann
es sein, daß sie sich übermäßig anpassen und
statt einen Konflikt zu lösen, ziehen sie es
vor, mit ihm zu leben, was auf lange Sicht
schwierig, manchmal sogar katastrophal sein
kann.

Für den Angehörigen der Blutgruppe 0 ist es
wichtig, daß sein Partner versteht, daß er Trubel und Abwechslung braucht. Er findet strenge Routine erdrückend, das wird besonders
dann zum Problem, wenn es um Sex geht. Die
Angehörigen der Blutgruppe 0 lieben Überraschungen und Abwechslung – zum Beispiel
beim Sex. Hier gilt: Alles, nur keine Routine.
Planmäßiger Sex ist für Vertreter der Blutgruppe 0 beunruhigend.

Die Angehörigen der Blutgruppe 0 sind in
ihrer Ehe das, was man gemeinhin als unabhängig bezeichnet. Es ist ihnen genauso wich-

tig, einen Partner zu haben, mit dem sie alles teilen können, wie ihren Freiraum zu bewahren, und zwar sowohl auf physischer als auch auf psychischer Ebene.

Die Blutgruppe AB

Die Stärke der Angehörigen der Blutgruppe AB in der Ehe besteht darin, daß sie sich ständig anpassen und weiterentwickeln. Diese Wendigkeit unterscheidet sie von den anderen Blutgruppen. Die Vertreter der Blutgruppe AB harmonieren mit ihrem Ehepartner – an den subtilsten Signalen erkennen sie die emotionale Verfassung ihres Partners und können Konflikte, noch bevor die ersten sichtbaren Anzeichen auftreten, vorausahnen und beheben. Ihre Intuition und ihr Durchblick machen die Angehörigen der Blutgruppe AB oft zum Stützpfeiler einer Ehe.

Sie sind in der Lage, das, was ihr Partner formuliert, zu verinnerlichen. Sie verstehen es, sich in andere hineinzuversetzen und sie zu unterstützen und zu trösten. Weil ihnen viel daran liegt, daß es ihrem Ehepartner gut geht, schaffen sie eine besonders vertrauliche Beziehung zu ihm. Diese Eigenschaft hebt sie von anderen Ehepartnern ab.

Europäische Experten weisen darauf hin, daß die Blutgruppe AB die vielfältigste und komplizierteste Persönlichkeit von allen Blutgruppen hat. Der chinesische Psychologe K. H. Mee gibt den Vertretern der Blutgruppe AB die höchsten Noten, wenn es um Intuition, Umsicht und Planung geht, aber die schlechtesten, was die emotionale Stabilität betrifft. Da die Vertreter der Blutgruppe AB in bezug auf Sensibilität und Gefühle so vielschichtig sind, können sie zwar unbeständig und voller Überraschungen sein, aber sie haben auch einen größeren Vorrat an emotionalen Erfahrungen als ihr Ehepartner.

Marty, ein Designer mit der Blutgruppe B, Mitte dreißig, ist der Mann der Ballerina Michelle, die wir bereits kennengelernt haben. Er schildert, wie Michelle ihm wertvolle emotionale Unterstützung gibt: «Ich würde sagen, Michelle durchschaut mich ganz und gar – auf emotionale Weise. Manchmal verrenne ich mich in etwas. Ich halte an etwas fest – einer Idee, einem Problem – und kann einfach nicht loslassen. Ich entwerfe Modeschmuck, und vor einer großen internationalen Vorführung muß

ich mir Hunderte von neuen Entwürfen ein-
fallen lassen, da kann ich schon mal etwas nervös werden. Wenn ich dann völlig durchdrehe,
weiß Michelle ganz genau, wie sie mit mir umgehen muß. Selbst wenn sie sich völlig auf ihren Tanz konzentriert oder mitten in der Bal-
lettsaison ist, ist sie immer hundertprozentig
für mich da. Wenn ich in Panik gerate, weiß sie
genau, was sie sagen und tun muß, um mich zu
beruhigen.»

Die Angehörigen der Blutgruppe AB glauben, daß es wichtig ist, auf konstruktive Weise
zu kommunizieren, damit eine Beziehung
funktioniert. Wie die Vertreter der Blutgruppe
A wollen auch die Vertreter der Blutgruppe AB,
daß zu Hause alles so harmonisch wie möglich
abläuft. Doch im Gegensatz zur Blutgruppe A
hat es für sie nicht die Bedeutung, ständig
mit dem Partner zusammenzusein. Sie wollen
die Eigenständigkeit ihrer selbst und ihres
Partners bewahren und weiterentwickeln. Die
Angehörigen der Blutgruppe AB glauben, daß
ein gewisses Ausmaß an Freiraum förderlich
für die Beziehung ist und der Ehe frischen
Schwung verleiht. Partner, die ihre eigenen
Interessen verfolgen, können ihrer Ansicht
nach mehr in eine Beziehung einbringen als

jene, die sich zu sehr auf ihren Partner konzentrieren.

Die Vertreter der Blutgruppe AB brauchen Zeit für sich allein, um Energie für die Beziehung auftanken zu können. Dieses Bedürfnis nach körperlichem und seelischem Freiraum ist häufig einer der Hauptgründe für einen Streit, denn die Ehepartner deuten dies fälschlicherweise manchmal als Desinteresse. Je mehr die Angehörigen der Blutgruppe AB unter Druck gesetzt werden, ihre Interessen außerhalb der Ehe zu vernachlässigen, desto schweigsamer werden sie, und wenn das Problem nicht gelöst wird, kann die Kommunikation völlig zusammenbrechen.

Das größte Problem in diesem Fall ist eine *Polarisierung*, wobei der Vertreter der Blutgruppe AB sagt: «Ich brauche mehr Freiheit!», und der Partner sagt: «Ich will dir näher sein!» Im Laufe der Zeit kann es sein, daß beide Partner ihre Position und Bedürfnisse immer übertriebener darstellen. Jeder beginnt damit, unbedeutende Kleinigkeiten als den Kern des Problems hinzustellen («Du denkst doch nur an deine Arbeit!» «Du willst ja doch nur ständig in deinen Fitneßclub!» «Dein verdammtes Auto ist dir wichtiger als ich!»).

Je mehr sich ein Paar auf diese Gegensätze fixiert, desto schwerer fällt es ihm, die schwerwiegenderen Probleme, die vielleicht die Ursache der Spannungen sind, zu beheben – es sieht den Wald vor lauter Bäumen nicht.

Bill, ein Professor mit der Blutgruppe AB, sagt, daß er und seine Frau Martha, eine Professorin mit der Blutgruppe B, grundverschiedene Ansichten darüber haben, wieviel Zeit sie miteinander verbringen, was häufig zu Streit führt: «Ich verbringe meine Zeit gerne außer Haus. Nicht so meine Frau Martha. Das ist ständig ein Problem für uns. Martha ist sehr praktisch veranlagt und arbeitet gerne daheim an ihrem Computer. Sie gehört einer Diskussionsrunde an, die Stunden um Stunden damit verbringt, über das mittelalterliche Sagengut Skandinaviens zu reden – das ist ihr Spezialgebiet an der Universität. Es mag Sie vielleicht überraschen, aber dabei handelt es sich um ein heiß diskutiertes Thema, und die Professoren streiten sich gehörig darüber, was Knut, der grüne Zwerg, nun wirklich gemeint hat und ob es eine sinnbildliche Anspielung auf Pilzvergiftung ist oder nicht und ähnliches. Ich hingegen bin gerne unter Menschen. Ich gehöre einem Chor an, sitze im Stadtrat, organisiere das

Kunstfest im Sommer mit. Ich sage nicht, daß meine Frau streitsüchtig ist, aber sie wirft mir vor, daß ich alles tue, um von ihr wegzukommen, während sie es lieber sähe, wenn wir zusammen wären, wenn wir eins wären. Ich weise sie dann darauf hin, daß es ihr im allgemeinen darum geht, daß ich daheim in ihrer Nähe bin und ein Buch lese, während sie sich durch das Internet kämpft. Sie lacht und versteht meinen Standpunkt; ich verstehe ihren auch. Es stimmt schon, daß ich Aktivitäten außer Haus etwas zu wichtig nehme.»

Es ist nur natürlich, daß Paare unterschiedliche Ansichten darüber haben, was Nähe und Vertraulichkeit bedeuten und wieviel man davon braucht. Wie im Fall von Bill und Martha ist es wichtig, offen und frei darüber zu reden, was jeder Partner als Ursache eines Problems ansieht, um zu vermeiden, daß sich Groll aufstaut.

Toshitaka Nomi warnt davor, daß Ehemänner mit der Blutgruppe AB sich gern verschiedenen sozialen Aufgaben außer Haus widmen – manchmal geht das so weit, daß sie ihre Familie vernachlässigen. Wenn ein Ehemann mit der Blutgruppe AB Zeit außer Haus verbringt, dann meistens mit Freunden, die dasselbe

Hobby oder dieselben Interessen haben. Bei einer kleinen Gruppe von Angehörigen der Blutgruppe AB besteht dieses Hobby oder Interesse im Sex, und sie verwandeln sich laut Nomi in ausgesprochene Casanovas. Ehemänner mit der Blutgruppe AB sind, so der japanische Autor, derartige Weltverbesserer, daß sie das Feuer am eigenen Herd oft vernachlässigen. Sie vergessen häufig auch ihre Pflichten und müssen daran erinnert werden, daß Rechnungen zu bezahlen, Reparaturen durchzuführen und sonstige Routineangelegenheiten zu erledigen sind.

Vertreter der Blutgruppe AB haben eine ausgeprägte Phantasie, die ihnen oft hilft, um «Routineangelegenheiten» zu entkommen. Ihre Phantasie ist eine Form von emotionaler Kreativität, die sie einsetzen, um ihre Beziehung zu beleben. Sie glauben, daß zum täglichen Zusammenleben mehr gehört als nur praktisches Denken – es erfordert Originalität, Kreativität und Überraschungen.

KAPITEL 6
Wer mit wem?

A und A

Ehen, in denen beide Partner die Blutgruppe A haben, sind gut organisiert und ausgeglichen. Aber die Angehörigen der Blutgruppe A sind übermäßig sensibel und leicht verletzbar. Meistens kommt es zu einem Streit, weil sich einer der Partner beleidigt fühlt; dann kann es zu hitzigen Gefechten kommen.

Die Angehörigen der Blutgruppe A sind Gewohnheitsmenschen. Sie sind am glücklichsten, wenn die Tage, Wochen und Monate ruhig verlaufen. Die Zeitabschnitte für Arbeit, Freizeit, Hausarbeit, für gemeinsame Aktivitäten und Dinge, die der Partner allein unternimmt, werden genau geplant.

Weil die Partner mit der Blutgruppe A keine Überraschungen mögen, kann der Sex zum planmäßigen Ritual werden, bei dem Dauer

und Position genau festgelegt sind. Gleichblei-
bende Abläufe sind für den Angehörigen der
Blutgruppe A ein Ausdruck von Nähe. Mit
dem Menschen, den man liebt, immer wieder
dasselbe zu tun ist äußerst beruhigend für ihn.
Das einzige Problem, das dabei auftauchen
könnte, ist, daß einer der Partner mit einem Teil
des Rituals nicht ganz zufrieden ist. Einer von
ihnen möchte vielleicht sanfte Romantik und
ein langes, sinnliches Vorspiel, während der
andere möglicherweise kurzen, feurigen, lei-
denschaftlichen Sex bevorzugt.

Hier kommt für gewöhnlich die Stärke des
Vertreters der Blutgruppe A – klare Kommunikation – zum Tragen. Beide Partner mit der
Blutgruppe A versuchen, ihre Probleme zu be-
sprechen und arbeiten hart daran, eine Lösung
zu finden – aber nicht im Bett.

Laut Toshitaka Nomi finden die Angehörigen der Blutgruppe A im Bett keine Worte: «Sie
können eine intensive sexuelle Beziehung haben, ohne jemals darüber zu reden.»

A und B

Die Vertreter der Blutgruppe A sind auf kreative Weise, die Vertreter der Blutgruppe B auf
praktische Weise organisiert. In der Ehe sind
die Partner mit der Blutgruppe A und B ein
effizientes, engagiertes Team, das sich in ihren
Stärken ergänzt.

Sowohl die Angehörigen der Blutgruppe A
als auch jene der Blutgruppe B sind bereit, an
einer Ehe zu arbeiten – der Partner mit der
Blutgruppe A ist dabei innovativ, der Partner
mit der Blutgruppe B beharrlich.

Die Partner mit der Blutgruppe A und B passen auch in bezug auf Sex gut zusammen. Die
Vertreter der Blutgruppe B gehen Sex technisch
und sachlich an. Sie wissen, worauf es ankommt, und ihnen liegt viel daran, ihren Partner im Bett zufriedenzustellen. Obwohl die Angehörigen der Blutgruppe A eher die Routine
lieben, kann sorgfältiges Vorgehen ihres Partners durchaus ihre Kreativität wachrufen. Wie
in der Beziehung zwischen A und A können
auch die Partner mit der Blutgruppe A und B
ein sehr glückliches Paar werden, sobald sie
erst einmal geklärt haben, auf welche Art und
Weise und wie oft sie Sex haben wollen, ob-

wohl sie manchmal mehr Zeit damit verbringen, über Sex zu diskutieren, als wirklich miteinander zu schlafen. Wenn es zu sexuellen
Problemen kommt, kann das die Beziehung
ziemlich belasten. Doch da beide Blutgruppen
über einen wachen und analytischen Verstand
verfügen, finden sie für gewöhnlich eine rasche
Lösung.

Die Ursache für Krisen in einer solchen Kon-
stellation liegt darin begründet, daß beide über
einen starken Willen verfügen. Die Vertreter
der Blutgruppe A versuchen, ihren Partner
sanft zu manipulieren, während die Vertreter
der Blutgruppe B ihren Partner manchmal einfach überfahren. Doch da beide sehr vernünftig
sind, können die Partner mit der Blutgruppe A
und B im Falle einer Krise einen Schritt zurück-
treten und die Probleme objektiv betrachten.

A und 0

Eine Partnerschaft zwischen A und 0 ist meist
nicht unkompliziert. Angehörige der Blutgruppe A sind grundsätzlich introvertiert, Angehörige der Blutgruppe 0 dagegen extrovertiert.
Für Vertreter der Blutgruppe A sollen die Din-

ge vorhersehbar sein, Vertreter der Blutgruppe 0 lieben das Abenteuer. Angehörige der Blutgruppe A schrecken vor demonstrativen Gefühlsäußerungen meist zurück; Angehörige der Blutgruppe 0 bringen ihre Gefühle leidenschaftlich zum Ausdruck. Doch Gegensätze ziehen sich bekanntlich an, und genau deshalb funktioniert die Ehe zwischen Partnern der Blutgruppe A und 0. Die Schwächen des einen Partners sind die Stärken des anderen. Wo der Angehörige der Blutgruppe A hinterherhinkt, zieht ihn der Angehörige der Blutgruppe 0 mit.

Der Vertreter der Blutgruppe A findet den der Blutgruppe 0 aufregend und interessant. Er bewundert seine offene, aufgeschlossene Art, während die Blutgruppe 0 von der Besonnenheit und Ruhe der Blutgruppe A fasziniert ist.

Das Haupthindernis in einer solchen Ehe sind die unterschiedlichen Ansichten über Routine. Der Partner mit der Blutgruppe A findet Routine angenehm, während sie den Partner mit der Blutgruppe 0 erdrückt. Der Angehörige der Blutgruppe 0 will mit seinem Ehepartner ausgehen, Partys geben, Menschen treffen – der Angehörige der Blutgruppe A will seine Ruhe. Er findet einen romantischen Abend daheim, selbst wenn man ihn gemein-

sam vor dem Fernsehapparat verbringt, ange-
nehmer.

Die wichtigste Frage zu Beginn der Beziehung ist Sex: wie, wann und wie oft. Der Angehörige der Blutgruppe A ist zufrieden damit,
immer wieder am selben Ort und zum selben
Zeitpunkt mit dem Partner intim zu werden,
während der Angehörige der Blutgruppe 0 es
vorzieht, Position, Dauer und Intensität zu
wechseln.

Sobald sich die Vertreter der Blutgruppe A
und 0 damit abfinden, daß sie gegensätzlich
sind und daß dies eigentlich der Grund dafür
war, warum sie sich von Anfang an zu einander
hingezogen fühlten, geben sie ein äußerst har-
monisches Paar ab.

A und AB

Angehörige der Blutgruppe A und AB gleichen
sich in vielerlei Hinsicht: Beide sind ausgesprochen kreativ, beide sind temperamentvoll – der
Vertreter der Blutgruppe AB mehr als der Vertreter der Blutgruppe A –, und beide sind bereit, viel dafür zu tun, den anderen emotional
zu unterstützen.

In einer festen Partnerschaft ist der Vertreter der Blutgruppe A der sichere Hafen für den manchmal unbeständigen Vertreter der Blutgruppe AB. Der Angehörige der Blutgruppe AB kann sein Temperament nur schwer zügeln, was ihn kreativer, aber gleichzeitig auch aufbrausender als die Vertreter anderer Blutgruppen macht. Der indische Experte V. V. Jogawar erklärt, daß Angehörige der Blutgruppe A von Natur aus umgänglich und zurückgezogen sind. Und sie sind es auch meistens, die nachzugeben bereit sind, wenn es darum geht, einen Streit mit ihrem Ehepartner beizulegen.

Neben einem Angehörigen der Blutgruppe AB wird es niemals langweilig, und nach vielen Jahren des Zusammenlebens überrascht er seinen Partner noch immer mit dem, was er sagt oder tut. Der Vertreter der Blutgruppe A findet die Unberechenbarkeit des Vertreters der Blutgruppe AB zwar attraktiv, aber auch zermürbend. Der Angehörige der Blutgruppe A wird unsicher, wenn er den nächsten Schritt des Partners nicht abschätzen kann.

In sexueller Hinsicht passen die Blutgruppe A und AB hervorragend zusammen. Der Vertreter der Blutgruppe AB ist offen und aufgeschlossen, aber die Vorliebe des Angehörigen der Blutgruppe A für Routine macht ihm nichts aus, er findet sogar Gefallen daran. Der Vertreter der Blutgruppe AB liebt, trotz seiner vielschichtigen Persönlichkeit, Struktur und Ordnung, doch es fällt ihm schwer, diese selbst einzuhalten. Wenn der Angehörige der Blutgruppe A ihm diese Aufgabe abnimmt, fühlt sich der Vertreter der Blutgruppe AB sicher und geborgen.

B und B

In einer B und B-Beziehung gelingt es jedem der Partner, sich ein erstaunliches Ausmaß an Freiraum und Intimsphäre zu bewahren. Die Angehörigen der Blutgruppe B sind im allgemeinen recht unabhängig von ihrer Umgebung und stark selbstbezogen. Sie finden es sehr wichtig, ihre eigenen Interessen zu verfolgen und unterstützen auch das Bedürfnis ihres Ehepartners nach Unabhängigkeit.

Die Partnerschaft zwischen zwei Menschen mit Blutgruppe B ist häufig die produktivste, denn jeder Partner inspiriert den anderen dazu, sich selbst weiterzuentwickeln. Beide halten den Angehörigen der Blutgruppe B meist für

den idealen Partner – wenn er einem selbst so
absolut ähnlich ist, kann man sich eben besser
in ihn hineinversetzen.

Doch wenn das Wettbewerbsstreben eines
oder beider Beteiligten überwiegt, kann es zu
Konflikten kommen. Wenn einer der Partner
mit der Blutgruppe B vorwiegend sich selbst
wichtig nimmt ohne auch einmal auf die Bedürfnisse des Partners einzugehen, treten unweigerlich Probleme auf. Dies kann so weit gehen, daß einer der Partner versucht, seine
eigenen Ziele dem Ehepartner aufzuzwängen.
Beide Partner mit der Blutgruppe B sind von
Natur aus stur und unnachgiebig. Deshalb besteht die Gefahr, daß die Beziehung in ein pre-
käres Ungleichgewicht gerät, wobei die Partner
einander zwar lieben, sogar glücklich miteinander sind, aber nur schwer miteinander leben
können.

Die Stärke des Angehörigen der Blutgruppe
B liegt in seiner offenen Art und Direktheit.
Wenn es ein Problem gibt, dann gelingt es den
Vertretern der Blutgruppe B für gewöhnlich, es
umgehend anzusprechen und zu lösen. Auch
ihre Sexualität ist für die beiden Partner der
Blutgruppe B sehr erfüllend. Es fällt ihnen
leichter als den meisten anderen Blutgruppen,

auf objektive, rationale Weise über Details zu
reden – was macht wem Spaß, wann und wie
oft. Toshitaka Nomi allerdings meint: «Ihre sexuelle Aktivität und ihre Befriedigung sind nur
durchschnittlich. Sie sind nicht allzu interessiert an Sex.» Auf ein Paar, das all seine Energie
in die jeweilige Karriere steckt, trifft das sicher zu.

B und 0

Sowohl die Blutgruppe B als auch die Blutgruppe 0 gilt als aktiv. In der Partnerschaft
ergänzen diese beiden Blutgruppen einander
vortrefflich: Die Vertreter der Blutgruppe B
sind auf organisierte, logische Weise und die
Vertreter der Blutgruppe 0 auf organisierte,
aber unbeschwerte Art aktiv.

Obwohl die Angehörigen der Blutgruppe B
und 0 dieselbe Energie aufweisen, sind sie vom
Charakter her das genaue Gegenteil. Der Vertreter der Blutgruppe B ist introvertiert, der
Partner mit der Blutgruppe 0 ist extrovertiert.
Der Angehörige der Blutgruppe B macht gerne
etwas allein, der Angehörige der Blutgruppe 0
sucht die Gemeinschaft. Der Vertreter der Blutgruppe 0 lernt gerne Menschen kennen, fühlt

sich wohl auf Partys, mag Trubel um sich herum. Nicht so der Angehörige der Blutgruppe B.

So unterschiedlich diese beiden Blutgruppen auch sein mögen, ihre Beziehung funktioniert. Wie das so oft der Fall ist, wenn sich Gegensätze treffen, harmonieren sie gut miteinander. Der Partner mit der Blutgruppe B schätzt die offene, ungezwungene Art des Vertreters der Blutgruppe 0, während dieser den unfehlbaren Orientierungssinn der Blutgruppe B bewundert. Wenn die beiden sich zusammentun, dann können sie eine äußerst erfolgreiche Ehe führen.

Die ersten paar Monate der Ehe sind am schwersten, weil beide Partner sich darum bemühen, so viele Gemeinsamkeiten wie möglich zu finden. In dieser Anfangsphase reagiert der Angehörige der Blutgruppe 0 in bezug auf den Alltag flexibel, der Angehörige der Blutgruppe B hingegen eher systematisch. Nachdem diese stürmische Phase vorüber ist, funktioniert die B und 0-Ehe für gewöhnlich reibungslos.

Die Vertreter der Blutgruppe B und 0 haben sehr unterschiedliche Einstellungen zum Sex. Im Bett bevorzugen die Angehörigen der Blutgruppe B Ordnung und System. Die Stärke der Vertreter der Blutgruppe B ist fachmännisches

Können, nicht Abwechslung. Die Angehörigen der Blutgruppe 0 hingegen lieben so viel Abwechslung wie nur möglich. Doch weil der Vertreter der Blutgruppe B gewandt und der Vertreter der Blutgruppe 0 flexibel ist, kommen sie gut miteinander zurecht. Wie Toshitaka Nomi sagt: «Sie bringen einander gerne neue, immer aufregendere Techniken bei.»

Die Blutgruppen B und 0 sind beide recht geschickt im zwischenmenschlichen Bereich: Der Angehörige der Blutgruppe B kann gut auf eine einzelne Person eingehen, während der Angehörige der Blutgruppe 0 offen und aufgeschlossen ist. In einer B und 0-Ehe verleiht diese unterschiedliche Einstellung der Partnerschaft Schwung.

B und AB

Was der Angehörige der Blutgruppe B am Partner mit der Blutgruppe AB am attraktivsten findet, sind dessen Flexibilität und Originalität. Die Eigenschaften, die dem Vertreter der Blutgruppe AB am Partner mit der Blutgruppe B am besten gefallen, sind dessen Ordnungssinn und Ausdauer in allem, was er tut.

Beide Blutgruppen bewundern am anderen jene Fähigkeiten und Eigenschaften, die ihnen selbst fehlen. Wenn Angehörige der Blutgruppe AB und B heiraten, macht die Kombination ihrer Vorzüge sie zu einem starken Team. Die Vertreter der Blutgruppe AB setzen ihre vielfältigen Interessen ein, um ein Ziel zu erreichen, während die Vertreter der Blutgruppe B ausgesprochen zielstrebig vorgehen.

Wie sehr sie sich charakterlich auch unterscheiden mögen, beide Blutgruppen bemühen sich von Beginn der Ehe an, den klärenden Dialog zu fördern und aufrechtzuerhalten. Die Angehörigen der Blutgruppe B, die zutiefst subjektiv und von ihrer Umgebung unabhängig sind, können manchmal engstirnig bis dogmatisch sein, während die Vertreter der Blutgruppe AB außergewöhnlich flexibel sind. Wenn beim Angehörigen der Blutgruppe B die dogmatische Haltung die Oberhand gewinnt, dann ist AB die einzige Blutgruppe, die dem entgegenwirken kann.

Das sexuelle Verlangen des Vertreters der Blutgruppe AB ist im allgemeinen größer als das des Angehörigen der Blutgruppe B, und seine Einstellung zum Sex ist eher komplex. Für den Vertreter der Blutgruppe AB soll der

Sex unerwartet und unverhofft stattfinden, während der Angehörige der Blutgruppe B gerne vorausplant. Doch AB ist die anpassungsfähigste aller Blutgruppen. Selbst wenn sein sexueller Rhythmus nicht mit dem seines Partners übereinstimmt, ist der Vertreter der Blutgruppe AB gerne zu einem Kompromiß bereit.

Obwohl sie sehr unterschiedlich sind, haben die Angehörigen der Blutgruppe B und AB doch eines gemeinsam: nämlich das Bedürfnis, sich Freiräume zu schaffen. Insofern passen sie gut zueinander. Jeder Partner versteht und schätzt das Unabhängigkeitsbedürfnis des anderen.

0 und 0

Das Paar mit der Blutgruppe 0 ist flexibel, abenteuerlustig und aufgeschlossen. Beide Partner sind gesellig, fühlen sich wohl unter Menschen und amüsieren sich gern. Wenn sich zwei Angehörige der Blutgruppe 0 zusammentun, kann ihr Leben äußerst beschwingt sein.

Solche Partnerschaften lassen sich in zwei Gruppen einordnen: In der ersten bilden die

Partner mit der Blutgruppe 0 ein starkes Duo,
das viel gemeinsam unternimmt, dieselben Interessen verfolgt, sich mit denselben Leuten
trifft und versucht, soviel Spaß wie möglich
gemeinsam zu haben. In der zweiten Gruppe
sind die beiden Partner mit der Blutgruppe 0
ebenso extrovertiert und unternehmungslustig, doch der Mann lebt *sein* Leben, er hat seine
eigenen Hobbys und Freunde, und die Frau hat
die *ihren*. In beiden Fällen sind die Paare mit
der Blutgruppe 0 glücklich über den Verlauf
ihrer Beziehung, denn grundsätzlich geht es
dem Angehörigen der Blutgruppe 0 darum, etwas zu unternehmen.

Die Vertreter der Blutgruppe 0 sind extrovertiert und nehmen präzise wahr, was in ihrer
Umwelt geschieht. Deshalb gehen sie objektiv
auf das Verhalten ihres Partners ein. Wenn ein
Problem auftritt, wird es den Angehörigen der
Blutgruppe 0 sofort bewußt. Experten betonen,
daß die Blutgruppe 0 «den äußeren Umständen
viel Bedeutung beimißt, und sie Probleme immer auf versöhnliche Weise bereinigen will».

In sexueller Hinsicht passen die Vertreter der
Blutgruppe 0 besonders gut zusammen. Beide
sind im Bett abenteuerlustig und anpassungsfähig. Von all den Blutgruppen fühlt sich die

Blutgruppe 0 am wenigsten schuldig, ängstlich oder schüchtern, wenn es um Sex geht. Hans Eysenck, eine anerkannte Autorität auf dem Gebiet der Persönlichkeitspsychologie, schreibt in seinem Buch *Sex and Personality*, daß seinen Tests zufolge jene Menschen, die besonders extrovertiert sind, ein gesteigertes Sexualleben haben.

Doch das nachgiebige und anpassungsfähige Wesen des Vertreters der Blutgruppe 0 hat auch seine Nachteile. Wenn in der Ehe Probleme auftreten, wird sich der Angehörige der Blutgruppe 0 eher auf die widrigen Umstände einstellen, als die Schwierigkeiten ansprechen. Wenn sie sich ständig anpassen, ohne jemals Probleme zu lösen, kann dieses Verhalten die Beziehung «aushöhlen». Das Paar bleibt zusammen, obwohl es nicht glücklich miteinander ist.

0 und AB

Experten stufen 0 und AB als die extrovertiertesten Blutgruppen ein. Sie sind beide von Natur aus aufgeschlossen, dynamisch und verwegen, weshalb sie gut zusammenpassen. Was diese Verbindung besonders interessant macht ist, daß zwar beide offen und gesellig sind, aber der Vertreter der Blutgruppe 0 eher locker im Umgang mit anderen ist, während der Angehörige der Blutgruppe AB sich viel intensiver mit seinen Mitmenschen auseinandersetzt. Obwohl die Vertreter der Blutgruppe 0 tatkräftig und immer bereit zu neuen Projekten sind, haben sie nicht, wie der Angehörige der Blutgruppe AB, das Bedürfnis, vorher alles zu durchschauen und vollkommen zu machen. Diese zwanglose Art trägt zum Ruf der Blutgruppe 0 bei, enthusiastisch, aber unpraktisch zu sein. Sie neigen oft auch dazu, sich unrealistische Ziele zu setzen.

In einer 0 und AB-Ehe ist der Vertreter der Blutgruppe AB der Partner, der das praktische Element und den Blick für das Detail einbringt, das in einer 0 und 0-Ehe fehlt. Die Verbindung zwischen der Blutgruppe 0 und AB ist positiv und produktiv. Beide Blutgruppen handeln und beide sind flexibel, was sie sowohl bei alltäglichen Dingen als auch bei langfristigen Projekten, die sie gemeinsam unternehmen, besonders erfolgreich macht. Es gibt aber einen potentiellen Konfliktbereich in einer 0 und AB-Ehe: das Bedürfnis der Blutgruppe AB nach

Freiraum. Es liegt in der Natur des Vertreters
der Blutgruppe AB, daß er beim Nachdenken
nicht gestört werden darf, um sich zu sammeln
und zu organisieren. Der gesellige Angehörige
der Blutgruppe 0 versteht dieses Bedürfnis
nicht immer, und deshalb kommt es oft zum
Streit.

Sexuell paßt das 0 und AB-Paar gut zusammen: Beide sind extrovertiert, stark an Sex interessiert und haben wenig Schuldgefühle. In
der Beziehung zwischen Vertretern der Blutgruppe 0 und AB gehen die sexuelle und
die partnerschaftliche Anpassung weitgehend
Hand in Hand. Da beide an Abenteuern und
Abwechslung interessiert sind, sprechen sie offen über sexuelle Wünsche und sind stets bereit, neue Positionen und Ideen auszuprobieren.

AB und AB

Die Beziehung zwischen zwei Menschen mit
der Blutgruppe AB ist ausgesprochen dynamisch und stürmisch. Wenn sich zwei Persönlichkeiten treffen, die so komplex sind, sprühen
die Funken.

Die Angehörigen der Blutgruppe AB haben

ein buntes und reiches Innenleben. Die meisten
Spezialisten bezeichnen sie als eine «gemischte
Gruppe»; sie vereinigen ein Wirrwarr an Eigenschaften in sich, die eigentlich typisch für die
anderen Blutgruppen sind. Es herrscht Einig-
keit darüber, daß man niemals weiß, was
der Vertreter der Blutgruppe AB als nächstes
tut.

Diese Unbeständigkeit ist es, die eine Ehe
zwischen Angehörigen der Blutgruppe AB so
interessant macht. Die Partner mit der Blutgruppe AB steuern ihre Beziehung beinahe wie
ein vergnügliches, aber spannungsgeladenes
Schachspiel. Jeder Zug kann den anderen überraschen. Während Vertreter der Blutgruppe
AB, die eine Beziehung zu einem Vertreter der
Blutgruppe A oder B haben, vielleicht viel
daransetzen, ihr lebhaftes Wesen diesen stabi-
leren Blutgruppen anzupassen, können zwei
Angehörige der Blutgruppe AB, wenn sie heiraten, ihr kompliziertes Innenleben voll ausleben.

Diese Verbindung hat positive und negative
Seiten. Das Positive daran ist, daß der Vertreter
der Blutgruppe AB die Anlagen dazu hat, Ziele
schneller zu erreichen und es weiter zu bringen
als die anderen Blutgruppen. Wenn sich also

zwei Angehörige der Blutgruppe AB zusammentun, dann können sie einander anspornen und inspirieren. Die negative Seite ist, daß es den Vertretern der Blutgruppe AB schwerfällt, sich selbst unter Kontrolle zu halten. Deshalb kann es zwischen ihnen zu Spannungen und Auseinandersetzungen kommen.

Wenn die beiden AB-Partner miteinander harmonieren, ist ihr Sexualleben erfüllt und vielschichtig. Dieses Paar lebt entweder in perfekter Harmonie oder aber in Disharmonie. Entsprechend verhält es sich beim Sex: entweder häufig und leidenschaftlich oder selten und frostig. Toshitaka Nomi faßt dies kurz zusammen: «Die Spannbreite ist riesig: Diese beiden können in ihrer Sexualität entweder die große Erfüllung finden oder völlig unglücklich sein.»

Grundsätzlich kann man über das Paar mit der Blutgruppe AB sagen, daß es nicht gerade stabil ist. Ihre Beziehung ist in allen Bereichen entweder tatkräftig und kreativ oder voller Streit und Probleme.

KAPITEL 7
Blutgruppen und der Umgang mit Geld

Die Blutgruppe A

Die Vertreter der Blutgruppe A sind organisiert, überlegen, geduldig, fähig, harmoniebedürftig – doch Geld kann selbst den ruhigsten Angehörigen der Blutgruppe A aus der Fassung bringen.

In bezug auf dieses Thema lassen sie sich in zwei Kategorien einteilen: Auf der einen Seite haben wir die *unternehmerischen* Angehörigen der Blutgruppe A, die planen und Strategien entwerfen, die ihr Vermögen sorgfältig anhäufen. Sie sind umsichtig und gehen das geringstmögliche Risiko ein – Staatsanleihen, Festgeld, Aktienfonds und andere sichere Anlagen –, aber ihre Vorsicht zahlt sich meistens aus. Auf der anderen Seite haben wir jene Vertreter der Blutgruppe A, die lieber sagen: *Hände weg*! Sie sind zurückhaltend und ängstlich in bezug auf Geld, beinahe phobisch. Diese Angehörigen der Blutgruppe A meinen, daß der Umgang mit Geld ihnen die Energie raubt, die sie lieber auf anderen Gebieten einsetzen sollten. Sie finden es ermüdend, sogar langweilig, über Geld nachzudenken.

Ob reich oder arm, die Vertreter der Blutgruppe A sind in Geldfragen recht unsicher. Sie überlegen sich jeden finanziellen Schritt zweimal. Diese Zurückhaltung erklärt, warum die meisten Investoren mit der Blutgruppe A Investment- und Aktienfonds bevorzugen. Unternehmerisch veranlagte Angehörige der Blutgruppe A sind als Selbständige sehr erfolgreich, weil der Aufbau Struktur erfordert, weil sie einem Plan folgen können, doch wenn eine einfache finanzielle Entscheidung notwendig ist, kneifen sie. Sie halten es für sicherer, wenn man dies einer bewährten Institution überläßt, deren Personal klar definierte Investmentstrategien befolgt. Den Begriff «Sicherheit» nehmen die Vertreter der Blutgruppe A ernst.

Frank, ein Investor mit der Blutgruppe A, Anfang fünfzig, sagt, daß er seine Marktanalysen am liebsten selbst durchführt, weil er für sein eigenes Geld zuständig sein möchte. Er betont aber, wie wichtig es ist, einen Makler zu haben, der bei einer zuverlässigen Firma beschäftigt ist und ihm bei den wesentlichen Entscheidungen hilft: «Es macht mir Spaß zu investieren, und ich habe auf diese Weise viel Geld verdient. Wenn ich ‹ich› sage, dann meine ich, daß mein Makler mein Geld gut angelegt hat. Es hat lange gedauert, bis ich jemanden fand, dem ich vertraue, aber ich habe unermüdlich gesucht und Nachforschungen angestellt und irgendwann dann doch einen Makler gefunden, bei dem ich geblieben bin. Wertpapiere haben mich immer fasziniert, aber man braucht einen guten Berater. Ich liebe die technische Seite, wie etwa den Markt zu studieren, zu sehen, was die einzelnen Sparten und Firmen machen, nach der perfekten, unter Preis angebotenen Aktie zu suchen. Aber wenn es darum geht, dieses oder jenes Wertpapier zu kaufen oder zu verkaufen, bekomme ich immer Schweißausbrüche. Ich will keine Fehler machen oder unnötige Risiken eingehen, bloß weil mir die Informationen fehlen, die eine Maklerfirma hat. Ich meine, diese Leute arbeiten zehn Stunden am Tag. Die Möglichkeiten an der Börse sind endlos, und jemand wie ich kann einfach keine wirkliche Entscheidung treffen. Ich mache meine Hausaufgaben, ich weiß immer, was los ist – aber den letzten Schritt überlasse ich lieber den wahren Experten.»

Angehörige der Blutgruppe A respektieren Fachleute – die «wahren Experten», wie Frank sie nennt –, die ein Gebiet genauer kennen als sie. Wenn sie investieren, dann kombinieren sie ihre angeborene Unsicherheit mit ihrer praktischen Veranlagung. Sie machen gerne die grundlegenden Arbeiten, wollen aber keine Entscheidungen treffen.

Investoren mit der Blutgruppe A verfügen aber über einen leicht opportunistischen Anstrich, der ihre natürliche Zurückhaltung durchbricht. Vertreter der Blutgruppe A, die daran interessiert sind, den höchstmöglichen Gewinn zu erzielen und dabei auf Nummer sicher zu gehen, sind am besten in einer Kommanditgesellschaft aufgehoben. Hier können sie auf riskantem Gebiet, das einen hohen Ertrag liefern kann, analytisch und kreativ tätig sein. Egal ob sie ihre Finanzangelegenheiten einem Makler überlassen oder nicht, letztendlich genießen die Angehörigen der Blutgruppe A das Gefühl, etwas erreicht zu haben, wenn ihre Investitionen einen guten Gewinn abwerfen. Seth, der Anwalt mit der Blutgruppe A, der das Investieren als «zweite Karriere» betrachtet, sagt: «Es macht mir Spaß, den Vogel abzuschießen. Es ist ein großartiges Gefühl, wenn sich eine Investition bezahlt macht. Doch ob ich mit einem Makler arbeite oder nicht, ich mag jene Investitionen, bei denen ich sagen kann, daß ich die Nachforschungen angestellt und Geld damit verdient habe. Wenn ich durch Zufall einen Treffer lande, macht mir das keinen Spaß. Es geht bei meinen Investitionen nicht um das Geld, sondern um das Gefühl, daß ich etwas in die Wege geleitet und erreicht habe.»

Vertreter der Blutgruppe A stehen dem Geld viel emotionaler gegenüber als andere Blutgruppen. Unter Streß setzen die Angehörigen der Blutgruppe A Geld häufig ein, um ihre Ängste und Spannungen abzubauen. Der Vertreter der Blutgruppe A geht also zum Beispiel einkaufen, weil er einen schlechten Tag hat, weil ihm sein Beruf nicht mehr gefällt oder weil er Probleme in der Beziehung hat.

Geld auszugeben, weil er unter Streß steht, kann für den Angehörigen der Blutgruppe A bedeuten, daß er einfach in den nächsten Supermarkt oder ins nächste Kaufhaus fährt und eine Menge Geld ausgibt. Der gestreßte Vertreter der Blutgruppe A findet es äußerst angenehm, Spannungen mit Hilfe der Kreditkarte abzubauen, da diese Karte, zumindest symbolisch, einen grenzenlosen Geldvorrat darstellt. Das Gefühl, mit einer Kreditkarte unbegrenzt Geld ausgeben zu können, ist viel berauschender, als mit Bargeld loszuziehen.

Jake, Journalist mit der Blutgruppe A, berichtet davon, daß er unter Termindruck häufiger in die Buchhandlung geht: «Ich bin schon seit Jahren Journalist, aber erst vor kurzem ist mir klar geworden, daß ich dazu neige, meine Nervosität durch Einkaufen abzubauen. Ich kaufe ausschließlich Bücher. Keine Unmengen, aber doch immerhin immer mal wieder zehn hier und zehn da. Es sind die Bücher, die ich immer schon haben wollte, aber eigentlich niemals kaufen würde, solange ich einen kühlen Kopf habe. Wenn es mich packt, dann habe ich das Gefühl: ‹Es geht mir schlecht, ich halte den Streß nicht aus, dem mich mein Redakteur aussetzt! Was soll's, ich habe diese Bücher verdient!› Ich sehe das Kaufen von Büchern nicht als Problem an, denn es treibt mich nicht in den Ruin oder so. Aber ich glaube, es ist interessant zu erkennen, wie mein Hirn arbeitet.»

Der Haken an der Sache ist, daß das Einkaufen unter Streß nur kurzfristig von dem ursprünglichen Problem ablenkt. Nachdem die erste Aufregung über das Bücherkaufen nachläßt, wird Jake seine Bücher heimtragen, sie in ein Regal stellen und darüber nachsinnen, welches er wohl zuerst lesen soll. Aber die eigentlichen Auslöser für seinen Streß – der Termindruck, die Probleme mit dem Redakteur – sind noch immer da.

In Jakes Fall ist das emotional bedingte Geldausgeben harmlos. Seine Bibliothek wächst jedes Mal um einige Bücher an, aber er gefährdet seine finanzielle Sicherheit nicht. Manche Angehörige der Blutgruppe A meinen, daß sie viel mehr Geld ausgeben können, bevor sich ihre natürliche Vorsicht einschaltet. Für diese Vertreter der Blutgruppe A sind die psychischen Nachwirkungen besonders schwer zu verkraften. Durch den Schock, daß sie für einen Augenblick die Kontrolle verloren haben, geraten sie in Panik und schränken ihre Ausgaben drastisch ein.

Die Angehörigen der Blutgruppe A sollten sich in solchen Fällen am besten auf die für ihre Blutgruppe typische Vernunft und Gelassenheit besinnen. Wie die Vertreter der Blutgruppe B lieben auch die Vertreter der Blutgruppe A

Ordnung und System, was sich zu ihren Gunsten auswirken kann. Es ist wichtig, daß sich die Angehörigen der Blutgruppe A ihren Finanzen selbst widmen, denn so etwas wie Unternehmergeist schlummert in jedem von ihnen.

Die Angehörigen der Blutgruppe A (und alle anderen) sollten wenigstens zwei Stunden in der Woche damit verbringen, ihr Geld zu organisieren und einen Investitionsplan auszuarbeiten. Sie sollten sich die Zeit nehmen, zu studieren und zu verstehen, wie das Finanz- und Wirtschaftssystem funktioniert.

Selbst für jene Vertreter der Blutgruppe A, die Angst davor haben, mit Geld umzugehen, braucht die Welt der Wertpapiere und Investitionen nicht düster und mysteriös zu sein.

Die Blutgruppe B

Die Blutgruppe B ist auch punkto Geld praktisch und sachlich veranlagt: Wenn es um finanzielle Angelegenheiten geht, zeigt sie keine positiven oder negativen Emotionen. Geld ist für sie Mittel zum Zweck. Vertreter der Blutgruppe B fühlen sich besonders zu der Macht hingezogen, die das Geld mit sich bringt, denn diese Macht läßt sich messen, bis zum letzten Pfennig zählen. Man kann ermitteln, wieviel man wert ist, und die einem zur Verfügung stehenden Vermögenswerte berechnen. Aufgrund dieser Logik sind viele Angehörige der Blutgruppe B sehr sparsam, äußerst preisbewußt und scheuen keine Mühe, die besten Waren zum günstigsten Preis zu finden. Vertreter der Blutgruppe B machen das meiste aus ihrem Geld – sie fahren lieber zwanzig Kilometer in den Supermarkt, der günstige Angebote hat, als im Supermarkt an der Ecke einzukaufen und reguläre Preise zu bezahlen.

Diese Sparsamkeit ist nicht darauf zurückzuführen, daß sie Angst vor Geldknappheit haben; Angehörige der Blutgruppe B sind nicht von Natur aus knauserig. Durch ihre Sorgfalt in bezug auf Finanzen, ob sie nun schwach oder extrem ausgeprägt ist, legen sie bei der Beantwortung der Frage, welchen Wert bestimmte Dinge haben, vernünftige Maßstäbe an. Der Vertreter der Blutgruppe B findet, daß es, wenn man zwei zum Preis von einem bekommen kann – und man auch zwei braucht – unlogisch ist, sich das Angebot entgehen zu lassen.

Bei den Finanzen und in vielen anderen

Bereichen hat der Vertreter der Blutgruppe B keine Zeit für Sentimentalität oder gefühlsmäßige Entscheidungen. Er urteilt objektiv, kritisch; er verachtet Gefühlsduselei. Er fürchtet alles, was sein Vorgehen behindert. Ihm geht es für gewöhnlich mehr um Entschlossenheit als darum, seinen Verpflichtungen nachzukommen.

Das stark praktisch orientierte Denken der Vertreter der Blutgruppe B zeigt sich in ihren Investitionen. Sie bevorzugen greifbare Dinge wie etwa Immobilien. Man kann die Liegenschaften *sehen*, die man gekauft hat; man kann etwas hinzufügen, sie verschönern, ihnen seinen eigenen Stempel aufdrücken. Selbst wenn eine Immobilie an Wert verliert, ist sie noch immer vorhanden. Andrew, ein Investor mit der Blutgruppe B, sagt: «Ich vermeide es, Aktien zu kaufen. Das habe ich immer schon getan. Sie steigen, sie fallen, sie steigen wieder. Das gefällt mir nicht; ich möchte gerne wissen, wo ich mit meinem Geld stehe, ich möchte die Dinge selbst in der Hand haben. So einfach ist das. Bei Aktien drücken Sie drei Tasten auf dem Computer und Ihr Geld ist weg. Ich habe eine Menge Geld gemacht – ich weiß, was ich tue. Ich investiere in Münzen, Sammlerobjekte. Sie

würden staunen, wieviel Geld man mit solchen
Dingen machen kann! Wenn ich wirklich spekulieren möchte, dann probiere ich es mit Immobilien. Das macht mehr Spaß. Bevor ich
etwas kaufe, schaue ich mir erst das Gebäude
und die Umgebung und dann die Dokumente
und alles weitere genau an. Ich habe mich in
Midtown Manhattan eingekauft, bevor sie damit begonnen haben, den Times Square zu säu-
bern. Es war ganz offensichtlich, daß die Preise
steigen würden. Was ich mit meinem Geld
auch mache, ich möchte das Sagen haben!»

Die Angehörigen der Blutgruppe B wollen
die Dinge unter Kontrolle haben. Im Gegensatz
zu den Vertretern der Blutgruppe A fühlen sich
die Angehörigen der Blutgruppe B unbehaglich dabei, die Verwaltung ihres Geldes einem
Makler oder Finanzberater zu überlassen.
Ihr Selbstvertrauen in Geldangelegenheiten
kommt daher, daß sie ihre Finanzen sehr systematisch und verantwortungsbewußt handhaben. Die Vertreter der Blutgruppe B folgen
ihrem eigenen Weg, unabhängig von ihrer Umgebung. Wenn sie ihre Investitionen über einen
Wertpapiermakler vornehmen, gehören sie zu
jenen Kunden, die ständig um Rat fragen, ihn
aber nie annehmen – es sei denn, der Rat ent-

spricht zufällig dem, was sie ohnehin vorhatten. Geld halten sie für eine Angelegenheit, für die sie selbst verantwortlich sind.

Jene Vertreter der Blutgruppe B, die an der Börse spekulieren, ziehen es vor, Aktien zu kaufen. Sie finden es weit interessanter, die Aktien selbst auszuwählen, statt ihr Geld in Investmentfonds zu stecken, die professionell verwaltet werden müssen.

Investoren mit der Blutgruppe B sind sehr praktisch und analytisch veranlagt, aber es fehlt ihnen häufig an Flexibilität, wenn eine Wende eintritt. Wie Léone Bourdel in *Blutgruppe und Temperament* schreibt, folgen die Angehörigen der Blutgruppe B ihrem persönlichen Rhythmus. Sie können nur auf etwas reagieren, das sie entweder spontan oder nach reiflichen Überlegungen ausgeheckt, entschieden, verstanden oder akzeptiert haben. Der typische Vertreter der Blutgruppe B paßt sich nicht an seine Außenwelt an, versucht nicht, harmonisch mit ihr zu interagieren: Er folgt zielstrebig seinem Weg.

Ihr Mangel an Flexibilität, der, was die Organisation und Verwaltung finanzieller Mittel anbelangt, durchaus Vorteile hat, kann zum Problem werden, wenn rasche Entscheidungen über die weitere Vorgangsweise zu treffen sind. Die meisten Vertreter der Blutgruppe B sind sich dieser Schwäche bewußt und meiden deshalb risikoreiche Investitionen. Marty erzählt von seinen Erfahrungen mit dem Aktienmarkt. Marty beklagt sich, daß es ihm schwerfiel, seine Investitionen erfolgreich auf die Marktschwankungen abzustimmen: «Ich bin das, was man einen Hobby-Investor nennen könnte: Ich bessere damit mein Einkommen auf, aber ich verdiene mir den Lebensunterhalt damit, Modeaccessoires zu entwerfen. Mit Immobilien habe ich Mitte der achtziger Jahre gut verdient, und ich habe weiterinvestiert. Zu Beginn der neunziger Jahre hat man mich überredet, etwa ein Jahr lang Aktien zu kaufen. Meine anderen Investitionen sind gut gelaufen, also dachte ich, ich könnte etwas riskantere Investitionen ausprobieren. Ich bin auf ungewöhnliche Weise dazu gekommen, über einen ‹Zufallsanruf› – eine aggressive Verkäuferin einer Maklerfirma hat mich einfach angerufen und mir gesagt: ‹Sie sind erfolgreich – arbeiten wir doch zusammen, wir verdoppeln Ihr Geld, wir verdreifachen es sogar!› Ich bin nicht impulsiv, und normalerweise falle ich auf so etwas nicht herein, aber ich habe trotzdem mitgemacht. Das

Material, das sie mir per Post geschickt hat, war beeindruckend. Es hat am Anfang gut funktioniert – es war großartig –, aber auf lange Sicht war mir das Ganze zu schnell. Ich konnte mit dem, was sich an der Börse tat, nicht mithalten. Ich litt ständig unter Migräne. Ich verdiente etwas Geld, aber letztendlich verlor ich etwa zehntausend! Das war's dann. Keine Aktien mehr für mich!»

Obwohl Investoren mit der Blutgruppe B manchmal langsam reagieren und daher bei Spekulationen, die rasches Handeln erfordern, auf der Strecke bleiben, nehmen sie ihre Finanzangelegenheiten immer selbst in die Hand. Es ist ihr Geld, das sie investieren, und für ihr Geld sind sie selbst verantwortlich. Marty ist ein typisch realistischer Vertreter der Blutgruppe B. Er hat sein Glück an der Börse versucht, und als er erkannte, daß seine Persönlichkeit dem Erfolg im Wege stand, zog er sich zurück und widmete sich wieder der Art von Investition, bei der er sich wohler fühlte.

Die positive Seite an Investoren wie Marty ist, daß sie das, was sie tun, klar und rational betrachten und ihre Zeit und Energie nicht darauf verschwenden, den Makler, den Markt

oder die Regierung für ihre Verluste verantwortlich zu machen.

Der beste Rat, den man den Angehörigen der
Blutgruppe B geben kann, ist, einen Schritt zu-
rückzutreten und ihre Stärken und Schwächen
rational abzuwägen. Die Vertreter der Blutgruppe B sind gut darin, Strategien auszuarbeiten, ihre finanziellen Mittel zu organisieren,
und darauf sollten sie sich konzentrieren. Die
Angehörigen der Blutgruppe B verlassen sich
auf sich selbst, sind unabhängig und tatkräftig
– perfekte Eigenschaften, um Geld zu machen.
Investoren mit der Blutgruppe B sollten ihr Kapital, wie alle Investoren, in Bereiche investieren, in denen sie sich wohl fühlen – ob es sich
nun um Münzen, um Immobilien oder um sel-
tene Puppen handelt.

Die Blutgruppe 0

Die Blutgruppe 0 ist die materialistischste aller
Blutgruppen: Geld bedeutet für sie Aufregung,
Macht, Trubel, Freiheit – und, was am wichtigsten ist, greifbare Dinge, Waren, die man kaufen kann.

Die praktische Seite der Vertreter der Blutgruppe 0 drängt sie vorauszuplanen, ihr Einkommen für kurz- und langfristige Ziele zu budgetieren, ihre Finanzen zu organisieren. Dem steht ihre feste Überzeugung, daß Geld dazu da ist, verdient und ausgegeben zu werden, gegenüber. Die Angehörigen der Blutgruppe 0 sind nicht auf schlechte Zeiten vorbereitet. Weil der 0-Typ anpassungsfähiger als die anderen Blutgruppen ist, hat er weniger Weitblick: Er stürzt sich auf das, was sich ihm jetzt bietet.

Investoren mit der Blutgruppe 0 genießen es auch in sozialer Hinsicht, Geld zu verdienen. Für sie ist Geld gleich Macht und kein Sprungbrett für persönliche Ziele, wie das bei den Angehörigen der Blutgruppe B der Fall ist. Die Vertreter der Blutgruppe 0 betrachten Geld als einen Katalysator für ihre zwischenmenschlichen Beziehungen. Es hilft ihnen, Leute kennenzulernen, die Karriereleiter nach oben zu klettern, Dinge zu erledigen. Für den typischen Angehörigen der Blutgruppe 0 ist Geld verdienen eine Gruppenaktivität. Während die Vertreter der Blutgruppe A und B eher einzelgängerische Unternehmertypen sind, lieben die Angehörigen der Blutgruppe 0 den Trubel und Menschenmengen. Es macht ihnen Spaß, sich ihren Widersachern entgegenzustellen und ihre Klugheit zu beweisen. Während die Investoren mit der Blutgruppe A ihre meiste Energie für das Planen aufwenden und sich die Investoren mit der Blutgruppe B der Organisation widmen, geht es dem Investor mit der Blutgruppe 0 in erster Linie um die eigentliche Transaktion – kaufen, verkaufen, Geschäfte abschließen, Treffer landen.

Der Investor mit der Blutgruppe 0 betrachtet den Wertpapiermarkt als risikoreiches Spielfeld. Bevor sie zum Schlag ansetzen, bevor sie ihr Kapital auf einen vermeintlichen Treffer setzen, verspüren die Angehörigen der Blutgruppe 0 ein Prickeln der Vorfreude. Graham, ein typisch freimütiger Vertreter der Blutgruppe 0, sagt, daß er lieber ein finanzielles Risiko eingeht, als sich zu langweilen. Er zieht es vor «die Chance zu haben, Gold zu finden», wie er es nennt, als all sein Geld in Investitionen mit minimalem Risiko fest angelegt zu haben: «Der Spaß am Investitionsspiel liegt zu neunzig Prozent in der Herausforderung. Ich mag keine sicheren und langweiligen Wertpapiere, aber ich bin Realist, also belasse ich einen Teil meines Geldes – nur soviel, wie absolut notwendig ist – in todsicheren Investitionen und ‹spiele› mit dem Rest. Es macht mir wirklich Spaß, es in Bewegung zu halten. Du mußt aufpassen, du mußt schneller sein als die anderen, um einen Treffer zu landen. Es gibt mir einen Adrenalinstoß – deshalb mache ich bei diesem Spiel mit. Andere Leute fühlen sich wie im ‹Süßwarengeschäft› – alles sieht gut aus, und sie wissen nicht, was sie kaufen sollen – ich nicht! Ich habe einen sechsten Sinn. Wenn ich ein bestimmtes Wertpapier unter Preis erwerbe, dann ist das ein großartiges Gefühl, selbst wenn ich es jahrelang nicht verkaufen kann. Wenn ich eine Aktie im richtigen Augenblick zum Höchstwert verkaufe, dann ist das wie ein Lottogewinn.»

Der extrovertierte Vertreter der Blutgruppe 0 liebt den Wettbewerb und den Trubel beim Geldverdienen, und ihn motiviert der Beifall der Gruppe, wenn er einen Treffer landet. Er reagiert sensibel auf seine Umgebung und wird vom Applaus, der Anerkennung und sogar vom Neid ihrer Mitbewerber angespornt. Was die Vertreter der Blutgruppe 0 aber besonders bei risikoreichen Investitionen auszeichnet, ist ihre Flexibilität, mit der sie den Pulsschlag des Marktes beobachten. Wie in Grahams Fall ziehen die Vertreter der Blutgruppe 0 die Überraschung der Vorhersagbarkeit vor. Beim

Geldverdienen sind sie am besten, wenn ein Hauch von Gefahr die Transaktion interessanter macht. Der extrovertierte Angehörige der Blutgruppe 0 hat einen scharfen Blick für Details und erkennt Veränderungen rasch. Der Angehörige der Blutgruppe 0 reagiert immer auf Anreize und berücksichtigt dabei alles, was um ihn herum vorgeht. Er ist in dieser Hinsicht besonders anpassungsfähig, denn er ist gleichzeitig sensibel und in der Lage, seine Ziele rasch zu verfolgen, wobei er alle Möglichkeiten nutzt, die ihm zur Verfügung stehen.

Dieses Eingehen auf seine Umgebung verleiht dem Vertreter der Blutgruppe 0 das, was man als *Raubtier*-Mentalität bezeichnen könnte – im positiven Sinne. Er sieht eine Gelegenheit und schlägt zu, noch bevor der Vertreter der Blutgruppe A oder B überhaupt reagieren kann. Diese Wendigkeit macht die Angehörigen der Blutgruppe 0 zu besonders guten Freiberuflern. Die Vertreter der Blutgruppe A und B sind über ein regelmäßiges, festes Einkommen glücklicher, während die Vertreter der Blutgruppe 0 lieber die Gelegenheiten ergreifen, die sich ihnen gerade bieten. Andere Blutgruppen geraten vielleicht in Panik, wenn ihr Einkommen schwankt, doch die Angehörigen der Blutgruppe 0 passen sich realistisch den Gegebenheiten an.

Für viele Vertreter der Blutgruppe 0 ist ihr finanzieller Erfolg stark mit ihrer Selbstachtung verbunden. Wenn das Geld hereinströmt, dann ist ihr Selbstvertrauen groß – wenn das Geld ihnen durch die Finger rinnt, dann ist es schwach. Die Angehörigen der Blutgruppe 0 haben eine emotionale Verbindung zum Geld. Wenn sie glauben, daß sie ihre Finanzen richtig handhaben, dann fühlen sie sich sicher, belebt und bereit, neue Projekte zu übernehmen. Wenn sie meinen, mit ihrem Geld nicht richtig umzugehen, können sie in Depressionen verfallen, was Experten als «Geldkrankheit» bezeichnen. Die Vertreter der Blutgruppe 0 sind verzweifelt, sie haben die Kontrolle verloren, und ihre Selbstachtung sinkt. Mark sagt, daß er vor einem Jahr die einfache Entscheidung getroffen hat, seine Finanzen selbst in die Hand zu nehmen, woraufhin alle Symptome der Geldkrankheit verschwanden: «In den letzten zwölf Monaten habe ich endlich meine Finanzen selbst in die Hand genommen. Es war ein einziger Schlamassel – die Hälfte meines Gehalts ging für meine Kreditkartenschulden drauf, meine Studentendarlehen wurden nicht abbezahlt, Schecks platzten. Immer wenn ich Rechnungen bezahlen mußte, hatte ich das Gefühl, Kriegsgebiet zu betreten, und mir drehte sich der Magen um. Ich hob Geld von dem einen Konto ab, um das Minus auf dem anderen auszugleichen. Ich ‹vergaß›, Schecks zu unterschreiben, ich schickte ‹versehentlich› die Zahlung für das Kabelfernsehen an meinen Vermieter, um noch ein paar Tage Gnadenfrist für meine Miete herauszuschinden. Manchmal mußte ich mich hinlegen, nachdem ich den ganzen Vormittag Rechnungen bezahlt hatte. Ich fühlte mich völlig überfordert. Eines Tages sagte ich mir dann einfach: ‹O.k., jetzt ist es genug›, und begann, meine Finanzen zu organisieren: Geld für Essen, Geld für die Miete, Geld für die Rechnungen, Taschengeld – sogar Geld, das gespart wurde. Ich beschloß, mich darauf zu konzentrieren, so gut wie möglich zu leben – das war mir wirklich wichtig – wissen Sie, ausgehen, Spaß haben, Leute treffen usw. Aber ich habe mir auch strikte finanzielle Ziele gesteckt und sie eingehalten. Jetzt kaufe ich mir eine Wohnung, und ich habe sogar in eine aufstrebende Firma investiert. Es ist ein großartiges Gefühl, wenn dein Geld für dich arbeitet!»

Egal wie ihre finanzielle Situation aussieht, die Blutgruppe 0 ist die praktischste, weil sie am anpassungsfähigsten ist. Vertreter der Blutgruppe 0, deren Finanzen in Unordnung sind, vertreten die Ansicht, daß es nicht die Angst um das Geld ist, die sie behindert, sondern daß es ihnen an der nötigen Motivation fehlt, ihre Finanzen zu organisieren. Weil die Angehörigen der Blutgruppe 0 so flexibel sind, geben sie sich häufig mit ihrer Situation zufrieden. Oft brauchen sie nur eine einfache Entscheidung zu treffen, um ihre seit langer Zeit bestehenden Gewohnheiten zu ändern. Wie in Marks Fall ist es für alle Vertreter der Blutgruppe 0 wichtig, in der Gegenwart gut zu leben. Und tatsächlich gelingt es ihnen besser als anderen Blutgruppen, den höchstmöglichen Lebensstandard aufrechtzuerhalten, den ihnen ihr Einkommen erlaubt, und dabei sogar noch Geld zu sparen und zu investieren. Ihre positive Einstellung ist beim Geldverdienen ihr stärkster Verbündeter. Der beste Rat für Angehörige der Blutgruppe 0 ist, ihre Stärken nicht zu ihren Schwächen werden zu lassen. Anders ausgedrückt, um zu vermeiden, daß sie zu optimistisch und zu selbstbewußt werden, ist manchmal eine Prise Vorsicht angebracht. Wenn sich die Vertreter der Blutgruppe 0 auf Wertpapiere einlassen, sollten sie dem prickelnden Gefühl, daß eine bestimmte Anlage eine todsichere Sache ist, nicht immer nachgeben. Manchmal ist es klüger, seinen Enthusiasmus etwas zu zügeln.

Investoren mit der Blutgruppe 0, die ihr Geld gerne in risikoreichen Wertpapieren anlegen, sollten wenigstens ein paar grundlegende Maßnahmen treffen, um ihre finanziellen Mittel zu schützen, und nicht alles auf eine Karte setzen.

Die Blutgruppe AB

In bezug auf Geld ist AB die impulsivste und kreativste aller Blutgruppen. Vertreter der Blutgruppe AB kann man nicht festnageln. Innerhalb von Sekunden können sie zwischen Optimismus und Panik schwanken: In einem Augenblick geben sie freizügig Geld aus, im nächsten knausern sie und legen ihr Kapital mit mathematischer Präzision an, dann kaufen und verkaufen sie wieder hemmungslos. Die französische Psychologin Léone Bourdel beschreibt den Angehörigen der Blutgruppe AB mit poetischen Worten: «Er ist ein Mensch mit grenzenlosen Möglichkeiten, ein Engel, ein Dämon – ein kleiner Junge oder ein kleines Mädchen.»

Investoren mit der Blutgruppe AB, die das große Geld verdient haben, waren beim Spekulieren besonders kreativ. Vertreter der Blutgruppe AB sind die sensibelste Blutgruppe, wenn es darum geht, sich auf die Umgebung einzustellen. Sie strecken ihre Fühler nach Informationen aus, die ihnen eventuell nützlich sind. Ein Betroffener nimmt Schwankungen am Wertpapiermarkt, die den Ertrag steigern könnten, sofort wahr. Fachmännische Investoren mit der Blutgruppe AB sind deshalb so erfolgreich mit ihrer Strategie, weil sie ein Gespür für Details haben.

Der Investor mit der Blutgruppe AB geht an Wertpapiere mit der Präzision eines Mathematikers heran. Damit gleicht er seinen mangelnden Sinn für Organisation aus – sein inneres Kind, das er unter Kontrolle halten muß, wenn er Erfolg haben will.

John, ein Professor für vergleichende Literatur, hat sich durch Aktien ein großes Vermögen geschaffen. «Zwei Seelen wohnen ach in meiner Brust», sagt er humorvoll mit einem Goethe-Zitat und beschreibt seinen Ordnungs-

sinn in finanziellen Angelegenheiten als «eine
Schleuse, die den Fluß mangelhafter Organisation aufhält»: «Ich bin sehr zufrieden damit,
wie meine Investitionen an Wert zugenommen
haben – ich habe einen guten und zuverlässigen Makler. Allerdings bin ich nicht der Durch-
schnittsinvestor, der seinen Blick nur auf das
Geschäft richtet. Hinzu kommt, daß ich von
Natur aus eigentlich äußerst desorganisiert bin.
Wie kann also jemand Vorlesungen halten, Dis-
sertationen kontrollieren, Kongresse besuchen,
Bücher und Artikel veröffentlichen und dane-
ben noch Zeit haben, um mit Wertpapieren
Geld zu verdienen? Indem man *extrem* organisiert ist! Ich lese jeden Tag vor dem Frühstück
die einschlägigen Zeitungen, um mich über die
jeweiligen Trends zu informieren. Wenn es irgendwelche Entscheidungen zu treffen gibt,
rufe ich meinen Makler sofort an. Außerdem ist
mir wichtig, daß ich seine Vorschläge immer
überprüfe und sie genau untersuche. Wenn ich
mich nicht selbst dazu zwingen würde, den
Überblick über meine Investitionen zu bewahren, wäre ich verloren.»

In Geldangelegenheiten ist AB die skeptisch-
ste aller Blutgruppen. Ihr Optimismus kann
rasch in Pessimismus umschlagen, und wenn

sie nicht aufpassen, kann ihre Stimmung ihren nächsten Schritt beeinflussen. Wenn sie übermäßig optimistisch sind, neigen die Angehörigen der Blutgruppe AB zu impulsiven Spekulationen; wenn sie übermäßig pessimistisch sind, kann es sein, daß sie stagnieren.

Nach Ansicht der Vertreter der Blutgruppe AB hängt es häufig von Glück und davon ab, daß man zur richtigen Zeit am richtigen Ort ist, um finanziell erfolgreich zu sein – harte Arbeit und Hingabe spielen dabei nur eine untergeordnete Rolle. Da der Angehörige der Blutgruppe AB von seiner Veranlagung her eher unbeständig ist, symbolisiert Geld für ihn Sicherheit und Kontrolle. Nach einem finanziellen Verlust kann es sein, daß der Vertreter der Blutgruppe AB, wie der Vertreter der Blutgruppe A, eine Zeitlang aus Unsicherheit und Angst nur soviel ausgibt, wie unbedingt notwendig ist. Selbst wenn der Angehörige der Blutgruppe AB finanziell abgesichert ist, kann er ein fehlgeschlagenes Geschäft oder eine Aktie, die ins Bodenlose fällt, als eine bedrohliche Katastrophe ansehen.

Anna, eine Photographin, berichtet über die drastischen «Budgetkürzungen», die ihr Mann, der die Blutgruppe AB hat, bei einem solchen

Anlaß vornahm: «Am 19. Oktober 1987 – dem Schwarzen Montag an der Wall Street – kam mein Mann aus dem Büro heim, und ich wußte sofort, daß eine Katastrophe passiert war. Er war ein ganzes Jahr lang deprimiert. Es ging nicht darum, daß er Hunderttausende verloren hatte, sondern um die Erkenntnis, daß er Hunderttausende verlieren *konnte,* und das brachte ihn aus der Fassung. Am Abend jenes Schwarzen Montags wurde unser Haushaltsbudget drastisch gekürzt! Richard begann damit, die Lebensmittel zu prüfen, die ich einkaufte, er revidierte unser Vorhaben, unseren Sohn in eine Privatschule zu schicken – und den Urlaub konnten wir sowieso vergessen! Das dumme daran war, daß wir mehr als genug Geld hatten, und innerhalb von sieben oder acht Monaten hatte er seinen Verlust wieder wettgemacht. Es war eine rein emotionale Reaktion. Nach dem Schwarzen Montag beschloß ich, meinen Beruf als Photographin sofort wieder aufzunehmen, sobald mein Sohn in die Schule kam. Auf diese Weise werde ich das nächste Mal, wenn es zu einem Börsenkrach kommt, finanziell unabhängig sein.»

Für Angehörige der Blutgruppe AB ist es wichtig, sich darum zu bemühen, eine realistische Einstellung zum Geld zu bewahren. Wenn es einen finanziellen Einbruch gibt, ist es gut, seine Ausgaben und Investitionen anzupassen, aber auf rationale Weise. Wie Richard fallen die meisten Vertreter der Blutgruppe AB einer Fehleinschätzung zum Opfer: Wenn mit ihren Finanzen etwas schiefgeht, dann sehen sie alles andere im Licht dieses einen Vorfalls.

Die vielen verschiedenen Eigenschaften des Angehörigen der Blutgruppe AB kommen besonders beim Umgang mit Geld zum Vorschein. Sie sind impulsiv und gleichzeitig kontrolliert wie der typische Vertreter der Blutgruppe A, rational wie der Angehörige der Blutgruppe B und an riskanten Spekulationen interessiert wie die Blutgruppe 0. Die erfolgreichsten Investoren mit der Blutgruppe AB sind jene, die diese widersprüchlichen Neigungen koordinieren und aufeinander abstimmen können. Wie K. H. Mee betont, ist der Vertreter der Blutgruppe AB rational veranlagt – er verläßt sich mehr auf seinen Verstand als auf seine Gefühle. Und wenn der Angehörige der Blutgruppe AB bei seinen Spekulationen zu abenteuerlustig wird, kann es sein, daß diese Rationalität ihn rettet. Das komplexe Wesen der Vertreter der Blutgruppe AB ist in finanziellen

Angelegenheiten sowohl ihre Stärke als auch ihre Schwäche. Der beste Rat, den man einem Angehörigen der Blutgruppe AB geben kann, ist, sich zu organisieren und Gefühle aus den Finanzen herauszuhalten. Sie sollten den Impuls, ohne umfassende Analysen und ohne den vollen Überblick übereilte Entscheidungen zu treffen, unterdrücken. Die Folge ist, daß an die Stelle ihrer Angst ein gewisses Maß an Selbstvertrauen tritt. Ihr natürliches Talent als kreative Investoren wirkt sich zu ihren Gunsten aus. Sie haben eine rasche Auffassungsgabe, können schnell handeln und finanzielle Probleme auf vielseitige Weise in Angriff nehmen.

Angehörige der Blutgruppe AB, die ihre angeborene Kreativität mit Organisation und Systematik kombinieren können, müssen einfach Erfolg haben.

KAPITEL 8
Blutgruppen und Freizeitverhalten

Die Blutgruppe A

Für den Angehörigen der Blutgruppe A bedeutet das Spiel, den Zwängen der Arbeit und des Alltagslebens zu entkommen. Freizeitbeschäftigungen befreien ihn von den Erwartungen, die die Gesellschaft an ihn stellt, vom Streß und von seinen Pflichten. Das ist besonders für den introvertierten Vertreter der Blutgruppe A wichtig, der sich, mehr als andere Blutgruppen, entspannen muß, nachdem er eine Zeitlang mit Menschen zu tun hatte.

Angehörige der Blutgruppe A brauchen das, was die Soziologen als *ungebundene Zeit* bezeichnen, Zeit für sich selbst, in der sie bestimmen können, was sie wann unternehmen möchten. Selbst wenn sie ein anspruchsvolles Hobby mit strengen Regeln haben – wie etwa Kajak fahren, Mountainbiking oder Ballett –, wichtig ist, daß sie sich dieses Hobby ausgesucht haben und es ihnen nicht aufgezwungen wurde.

Die Angehörigen der Blutgruppe A bevorzugen zwei Arten von Freizeitgestaltung: allein verbrachte Freizeit und Zeit, die sie mit einem oder zwei Menschen, die ihnen nahestehen, verbringen. Die meisten der Freizeitbeschäftigungen, die dem Vertreter der Blutgruppe A Spaß machen, können allein oder in einer kleinen Gruppe durchgeführt werden: Fernsehen, Lesen, Joggen, Spazierengehen. Selbst wenn sich die Angehörigen der Blutgruppe A mit Freunden oder der Familie entspannen, konzentrieren sie sich voll auf das, was sie gerade tun. Wenn sie beispielsweise den Abend mit ihrer Familie verbringen, so können sie sich dennoch voll auf das Buch konzentrieren, das sie dabei lesen. Diese Form der Freizeitgestaltung ist für Angehörige der Blutgruppe A wichtig, weil es den Zusammenhalt mit den Menschen, die ihnen am nächsten sind, stärkt, während sie sich gleichzeitig auf etwas konzentrieren können, an dem sie interessiert sind.

Jake, ein Journalist mit der Blutgruppe A, sagt, daß er sich nach der Arbeit gerne fremdsprachige Filme ansieht. Es ist ein Hobby, bei dem er sich entspannen und auch noch etwas lernen kann. Jake schaut den Film entweder allein oder mit einem Freund an, und das ist zu einem wichtigen Ritual für ihn geworden: «Nach einem langen Tag, an dem ich Interviews geführt habe, Geschichten hinterhergelaufen bin, mich schonungslos geplagt habe, muß ich mich einfach entspannen und Energie auftanken. Sooft ich nach der Arbeit die Gelegenheit habe, leihe ich mir in der Videothek einen fremdsprachigen Film aus. Jetzt habe ich gerade eine italienische Phase – Rosselini, Pasolini –, ich schaue mir alle Klassiker an, die ich in die Hände bekomme. Es ist ein Hobby; ich genieße es, und außerdem genieße ich es, daß ich mich gleichzeitig ‹weiterbilde›. Die Filme entführen mich nicht nur in eine andere Welt, sondern bilden mich auf fremdsprachlichem Gebiet weiter. Ich mache dies jetzt seit mindestens zwei Jahren, und obwohl ich es nur zum Spaß mache, bin ich mittlerweile ein richtiger Experte geworden: Ich habe sogar einen Artikel über den *Film noir* für eine britische Zeitschrift geschrieben. Vermutlich ist es also nicht mehr nur ein Hobby. Wie auch immer, nach einem langen Tag brauche ich Zeit für mich. Ich muß völlig in etwas aufgehen können, das nichts mit der Arbeit zu tun hat. Dann sind meine Batterien aufgeladen, und ich kann mit Freunden ausgehen.»

Wie die meisten Angehörigen der Blutgruppe A genießt Jake die Art von Erholung, die ihm auch noch einen persönlichen Nutzen bringt. Die Vertreter der Blutgruppe A hassen es, Zeit zu verschwenden, und es fällt ihnen schwer, etwas einfach nur zu tun, weil es Spaß macht. Sie sind auch beim Spiel zielorientiert – sie bevorzugen Aktivitäten mit einem klaren Ziel und einem klaren Ergebnis. Sie lieben strategische Spiele wie Schach, denn solche Spiele sind sowohl anspruchsvoll als auch entspannend. Man mißt seine Fertigkeiten mit denen des Gegners und kann entweder gewinnen oder verlieren.

Der Vertreter der Blutgruppe A hat immer gerne ein Ziel, selbst wenn das Ergebnis einer Freizeitbeschäftigung nicht immer so eindeutig wie bei einem Brettspiel ist. Während der Angehörige der Blutgruppe 0 in einen Fitneßclub geht, weil er sich entspannen und den Adrenalinausstoß und die Strapazen des Trainings genießen will, läßt sich der Vertreter der Blutgruppe A eher vom langfristigen Nutzen der körperlichen Ertüchtigung motivieren.

Diese Denkweise macht Angehörige der Blutgruppe A zu besonders guten Sportlern. Sich selbst das Ziel zu setzen, sein Bestes zu geben ist nicht so wirksam wie ein Ziel, das zwar realistisch ist, aber leicht über die eigenen Fähigkeiten hinausgeht. Daniel Gould, einer der führenden Sportpsychologen Amerikas sagt: «Ziele wie sein Bestes zu tun, besser und stärker zu werden, sind nicht sehr wirkungsvoll. Sinnvollere Ziele sind, sich zu sagen, daß man bis zum Ende der Saison im Hochsprung 1,95 Meter schaffen oder sein Maximum im Gewichtheben auf 110 Kilogramm steigern möchte. Wenn sich Sportler verbessern sollen, dann brauchen sie meßbare Ziele!»

Die Vertreter der Blutgruppe A neigen dazu, sich im Sport schonungslos anzutreiben. Ob Anfänger oder Profi, sie setzen sich gerne positive Ziele. Wenn sie zum Beispiel Basketball spielen, werden sich Angehörige der Blutgruppe A auf einen bestimmten Aspekt des Spiels konzentrieren und diesen so weit wie möglich verbessern. In ihrem Streben nach positiven Zielen sagen sie sich: «Ich werde versuchen, es besser zu machen», was immer effizienter ist als die negative Einstellung: «Ich werde versuchen, diese Fehler nicht mehr zu machen.»

Harriet, eine Hausfrau mit der Blutgruppe A, erzählt von ihrer Strategie im Fitneßstudio: «Als ich letzten März anfing, ins Fitneßstudio zu gehen, hatte ich ein klares Bild von dem, was ich tun wollte. Mein Ziel war es, acht Pfund abzunehmen und in Form zu kommen – der Figur etwas näherzukommen, die ich als Teenager hatte. Ich beschloß, daß ich das nur schaffen würde, wenn ich mir kleine Ziele setzte, die ich leicht erreichen konnte. Also nahm ich mir vor, einen Monat lang zwei Pfund die Woche abzunehmen. Ich halte nichts von Diäten, und ich möchte schon gar nicht leiden. Ich aß genausoviel wie immer – selbst meinen Kaffee und Kuchen am Nachmittag –, aber ich verzichtete weitgehend auf Fett und trainierte im Fitneßstudio am Laufband. Zuerst fünf Minuten, dann zehn und innerhalb von drei Wochen hatte ich mich auf achtzehn gesteigert. Dabei bin ich geblieben. Ich war verblüfft darüber, daß ich das angestrebte Gewicht innerhalb von drei Wochen abnahm. Was für eine angenehme Überraschung! Ich rate also meinen Freunden, sich genaue Ziele zu setzen und diese dann anzustreben! Manchmal ist es schwer, etwas Neues zu beginnen, wie etwa vier- oder fünfmal pro Woche ins Fitneßstudio zu gehen – das ist ein großer Schritt, aber das Ergebnis ist es wert!»

Wenn sie sich auf unbekanntes Terrain begeben, sind die Vertreter der Blutgruppe A vorsichtig. Wie Harriet es formuliert, kann es «ein großer Schritt» sein. Trotz des technologischen Fortschritts in den neunziger Jahren haben sich zum Beispiel viele Angehörige der Blutgruppe A von Computern ferngehalten. Doch sobald sie einmal «infiziert» sind, werden sie begeisterte Computeranwender. Der Angehörige der Blutgruppe A kämpft mit seinen widersprüchlichen Bedürfnissen, dazuzugehören und gleichzeitig Distanz zu halten. Jene Vertreter der Blutgruppe A, die das Internet für sich entdecken, halten es für ein exzellentes Medium, über das sie kommunizieren und sich mitteilen können. Was den Angehörigen der Blutgruppe A dabei besonders zusagt ist, daß diese Form der Kommunikation völlig offen, aber trotzdem kontrollierbar ist. Wenn man zu tief hineingerät, drückt man einen Knopf und ist draußen. Vertreter der Blutgruppe A, die in einer Gruppe von Natur aus scheu sind, werden vor ihrem Bildschirm ausgesprochen ausdrucksstark und ungezwungen.

Die Blutgruppe B

Von allen Blutgruppen hat die Blutgruppe B die beste Vorstellung von sich selbst: Wenn die Angehörigen der Blutgruppe B etwas tun wollen, dann tun sie es auch. Die Arbeit, Freunde, sogar die Familie treten in den Hintergrund, wenn es Zeit für ihr Hobby ist. Für die Vertreter der Blutgruppe B sind Freizeitbeschäftigungen eine sehr persönliche, beinahe heilige Angelegenheit.

Wie für die Angehörigen der Blutgruppe A ist das Hobby auch für die Vertreter der Blutgruppe B eine Herausforderung und eine Möglichkeit, etwas zu lernen. Nur zum Spaß zu spielen fällt ihnen äußerst schwer: Entspannung ist für sie Mittel zum Zweck. Angehörige der Blutgruppe B wollen in ihrem Hobby etwas erreichen; sie wollen sich weiterbilden. Das ideale Hobby für Vertreter der Blutgruppe B ist ein Mittel zur Selbstdarstellung. Ebenso wie die Angehörigen der Blutgruppe A lieben sie Aktivitäten mit einem klaren Ziel. Vertreter der Blutgruppe B malen, betätigen sich als Bildhauer oder machen Bodybuilding – welchem Hobby sie auch nachgehen, es ist immer das Ergebnis, das zählt, und nicht der Weg dorthin.

Doch die Angehörigen der Blutgruppe B streben diese Ergebnisse viel energischer an als die Angehörigen der Blutgruppe A.

Marty erzählt davon, wie tatkräftig und kreativ er seinem Hobby, dem Töpfern, nachgeht: «Ich entwerfe Modeschmuck, aber mein Hobby ist das Töpfern. Es ist ein relativ neues Hobby für mich; ich nehme erst seit etwa einem Jahr Unterricht, aber weil ich viel Erfahrung mit Kunsthandwerk habe, bin ich sehr zufrieden über die Fortschritte, die ich mache. Ich gehe dreimal pro Woche nach der Arbeit ins Töpferstudio und sitze etwa vier Stunden an der Töpferscheibe. Das ist meine glücklichste Zeit. Ich gehe völlig darin auf. Während ich daran arbeite, sehe ich in meinem Geist das Endprodukt, die schöne Vase oder den Topf. Und ich versuche, diesem Bild näher und näher zu kommen, bis das Stück fertig ist. Dabei verliere ich mich in diesem Prozeß. Ich konzentriere mich völlig auf das Bild dessen, was ich schaffen möchte. Ich sperre meine Umwelt aus, bis ich fertig bin – ich sehe und höre gar nichts. Dann stürze ich mich auf das nächste Projekt. Im Durchschnitt mache ich zwei oder drei Stück pro Sitzung – was ganz gut ist. Woche um Woche werde ich schneller und besser.»

Wenn sich Angehörige der Blutgruppe B in ihre Aktivitäten vertiefen, können sie sich außergewöhnlich stark konzentrieren. Ob sie nun fernsehen, Briefmarken ordnen oder im Internet surfen – sobald sie sich einer Aufgabe widmen, gehen sie völlig darin auf.

Auch beim Sport kommt diese Zielstrebigkeit zum Tragen. Der erfolgreiche Sportler mit der Blutgruppe B glaubt, daß sein Geist den Körper steuern und leiten kann. Sobald sich ein Vertreter der Blutgruppe B entschieden hat, etwas zu tun, stürzt er sich wirklich darauf.

Das Bild, das Ergebnis, die ausgesperrte Umwelt, die Marty beim Töpfern beschreibt, sind äußerst wichtige Elemente, um sein Können im Sport zu perfektionieren. Jack Nicklaus, der weltberühmte Golfchampion, sagt, daß die geistige Vorbereitung das wichtigste für eine Spitzenleistung ist. Nicklaus, der die Blutgruppe B hat, behauptet, daß Golf zu 90 Prozent eine geistige Tätigkeit ist. Sportpsychologen glauben, daß seine Konzentrationsfähigkeit dazu beigetragen hat, daß er im Golf so überlegen ist.

Von all den Blutgruppen läßt sich die Blutgruppe B am wenigsten von ihrer Umgebung beeinflussen. Experten bezeichnen sie als

schroff, kühl, distanziert. Doch trotz oder gerade wegen ihrer Unzulänglichkeiten schirmen
sich die Vertreter der Blutgruppe B von ihrer
Umwelt ab und konzentrieren sich gänzlich auf
das, was sie gerade tun.

Angehörige der Blutgruppe B spielen nicht
gerne in Mannschaften – sie bevorzugen den
Einzelsport, damit sie ihre eigenen Ideen und
Ziele verfolgen und als Einzelperson brillieren
können. Im Mannschaftssport, wie im Fußball,
Baseball und Eishockey, muß das Team blitz-
schnell reagieren und entscheiden. Die Spieler
müssen aufeinander achten, alles um sich
wahrnehmen, denn während des ganzen Spiels
prallen sie immer wieder mit Teamspielern
und Gegnern zusammen. Der Druck ist groß,
und es muß rasch reagiert werden. Im Mannschaftssport fallen die Vertreter der Blutgruppe
B dem zum Opfer, was die Sportwelt Paralyse
durch Analyse nennt: Die Spieler grübeln darüber nach, was in ihnen vorgeht, anstatt auf
Mannschaftskollegen, Gegner oder den Ball zu
achten.

Bei einem Einzelsport wie Golf kann der
Druck genauso groß sein, aber der wesentliche
Unterschied für den Angehörigen der Blut-
gruppe B besteht darin, daß er jeweils allein am

Drücker ist. Carol, eine Malerin mit der Blutgruppe B, Anfang dreißig, sagt, daß sie aufgrund der mathematischen Genauigkeit des
Golfsports und des harten Wettbewerbs zu einer fanatischen Spielerin geworden ist: «In der
Schule war ich im Sport eine völlige Niete. Ich
landete im Basketballteam, weil ich so groß
war, aber im Laufe eines Spieles wurde ich
immer langsamer und schwerfälliger, und meine Teamkameradinnen waren wütend. Damit
machte ich mich nicht gerade beliebt! Wer hätte
also gedacht, daß ich eine so begeisterte Golf-
spielerin werden würde? Das ist schon ein un-
glaublicher Sport und auf seine Weise sehr
wettbewerbsorientiert, was mir wirklich daran
gefällt. Man selbst ist es, auf den es ankommt.
Es ist nicht wie beim Basketball, wo das Spiel
davon abhängt, wie gut deine Teamkameraden
sind. Beim Golf bist du auf dich allein gestellt,
und um zu gewinnen braucht es Konzentration
und Können, nicht Glück. Entscheidend ist,
wer der klügste Spieler, der bessere Mathema-
tiker ist. Man versucht, die Windstärke und
-richtung zu berechnen, die Feuchtigkeit des
Grases und wie man die Bunker vermeiden
kann. All das plant man in seinen Schlag ein,
und dann ist man im Geschäft. Wenn mir je-

mand vor dem Spiel Glück wünscht, stehen mir gleich die Haare zu Berge.»

Wie in Carols Fall machen die Ausdauer und Entschlossenheit des Vertreters der Blutgruppe B seine Freizeitbeschäftigung zu etwas Besonderem. Wenn sie genug Zeit und Raum haben, schätzen die Angehörigen der Blutgruppe B eine Situation meisterhaft ein und agieren entsprechend.

Vertreter der Blutgruppe B lieben Aktivitäten, die starke Konzentration erfordern, weil sie Problembereiche und Fehlverhalten erkennen und ihr Verhalten dementsprechend anpassen. Das ist vor allem bei technischen Freizeitbeschäftigungen, wie zum Beispiel bei der Arbeit am Computer, nützlich. Angehörige der Blutgruppe B betrachten ihren Computer als eine leistungsfähige Verbindung zu einer endlosen Zahl an Ressourcen. Der Vertreter der Blutgruppe B fragt sich: «Was kann dieses Gerät für mich tun? Wie kann es mir helfen, das zu bekommen, was ich will?»

Für den Angehörigen der Blutgruppe B ist der Computer ein Tor zum persönlichen Erfolg. Computerspiele und zielloses Surfen im Internet stehen nur selten auf seinem Plan. Wenn er mit dem Cyberspace verbunden ist, wird der

Vertreter der Blutgruppe B zum wahren Jäger und Sammler, der Berge von nützlichen Informationen anhäuft.

Jeffrey, ein Schriftsteller mit der Blutgruppe B, Mitte zwanzig, sagt, daß ihm sein Computer kreativen Auftrieb verschafft hat. Neben dem Spaß und den Spielen stellt ihm das Internet auf Knopfdruck eine ganze Welt voller Informationen bereit: «Seit ich einen Computer habe, bin ich um ein Vielfaches produktiver geworden. Manche Leute glauben noch immer, daß ernsthafte Schriftsteller ihr Magnum opus mit einer Feder, womöglich in einem Café, verfassen müssen. Das ist Unsinn! Ich habe einen holländischen Freund, der ebenfalls Schriftsteller ist und mich wegen meines Laptops verspottet – doch seien wir mal ehrlich, ich arbeite schon an meinem fünften Buch, und er hat sein erstes noch gar nicht fertig. Ich staune noch immer über die Unmengen an Informationen im Cyberspace. Wenn ich Fakten über etwas brauche, über das ich gerade schreibe – Fakten, die nur ein Fachmann kennen kann –, schicke ich einfach eine Frage über das Internet an eines der Diskussionsforen, denen ich angehöre. Für eine meiner Geschichten brauchte ich Informationen über Ballettschuhe, die harte Hülle, die dafür sorgt, daß eine Ballerina sich auf den Zehenspitzen halten kann. Ich wurde mit E-Mails geradezu überschwemmt! Britische Schuhe krümmen sich in einem Bogen, wie ich herausfand, während amerikanische Schuhe gerade nach unten zeigen. Dann gibt es da noch eine Ballettschuhfabrik südlich von Minsk, die eine geheime Mischung aus Zellstoff und Klebstoff verwendet, was die Schuhe angeblich haltbarer macht, und man kann sie im Großhandel kaufen. Es würde sich auszahlen, dort hinzufliegen und einzukaufen! Die Informationen sind unerschöpflich. Mit den E-Mails, die ich zu diesem Thema bekam, könnte ich ein Lexikon über Ballettschuhe verfassen.»

Die Blutgruppe 0

Der Philosoph Aristoteles sagte, daß es die Natur erfordert, daß wir nicht nur gut arbeiten, sondern auch die Freizeit gut nutzen.

Von all den Blutgruppen hält sich die Blutgruppe 0 am ehesten an diese Einstellung. Die Vertreter der Blutgruppe 0 arbeiten hart, aber sie erholen sich auch entsprechend. Da sie extrovertiert und aufgeschlossen sind, haben sie Freizeitbeschäftigungen gegenüber eine praktische und unkomplizierte Einstellung: Wenn etwas Spaß macht, warum soll man es dann nicht tun? Die Erholung, meint der Angehörige der Blutgruppe 0, ist eine wichtige Abwechslung zur Routine, eine notwendige Pause vom Arbeitsstreß. Während andere Blutgruppen die Arbeit vielleicht als die echte Welt und die Freizeit nur als Randgebiet betrachten, widmet der Vertreter der Blutgruppe 0 der Erholung und dem Streben nach Glück ebensoviel Energie und Zeit.

Der Angehörige der Blutgruppe 0 wählt viel eher als der Vertreter der Blutgruppe A oder B ein Hobby nur zum Vergnügen; es muß keinen Grund dafür geben. Der Spaß an einer Aktivität ist wichtiger als das Endergebnis oder der langfristige Nutzen. Angehörige der Blutgruppe 0 gehen zum Beispiel eher deshalb in das Fitneßstudio, weil ihnen das Training ein Hochgefühl vermittelt. Daran zu arbeiten, einen perfekten Körper zu bekommen, reicht als Motiv meistens nicht aus.

Die Vertreter der Blutgruppe 0 lieben es, ihre Freizeit in der Gruppe zu verbringen. Für den Angehörigen der Blutgruppe 0 ist die echte Erholung eine Erholung innerhalb einer Gruppe, sei es mit ein paar guten Freunden daheim oder unter Fremden bei einem Konzert. Man kann neue Kontakte knüpfen und die Beziehung zu Freunden und zur Familie stärken. Dem Vertreter der Blutgruppe 0 fällt es schwer, allein zu sein. Seine Freizeit längere Zeit allein zu verbringen – mit Fernsehen, Lesen, allein irgendwo hinzufahren – beunruhigt ihn.

Mark, unser Hotel-Concierge, sagt, daß seine Vorstellung von Erholung darin besteht, auszugehen, Menschen zu treffen und neue Freunde zu finden: «Ich bin nicht der Typ, der nach der Arbeit gerne allein zu Hause herumhängt. Ich mische mich gerne unter die Leute und amüsiere mich. Die meisten meiner besten Freunde habe ich in Galerien, in Tanzclubs und Cafés kennengelernt. Heute abend gehe ich zum Beispiel mit einem Freund aus, den ich vor ein paar Monaten in einem Restaurant getroffen habe. Ich saß allein dort, als diese wilde Gruppe von Europäern am Tisch neben mir über eine neue Transvestitenbar zu reden begann. Das ließ mich aufhorchen! Ich wandte mich ihnen zu und sagte: ‹Entschuldigung, ich habe zufällig mitgehört …›, und so begann alles. Wir begannen zu reden; sie waren faszinierend. Da war ein Jet-set-Model aus der Schweiz mit ihrem Freund, einem tätowierten Künstler und dessen Bruder. Einer der Kellner in Frauenkleidern setzte sich sogar zu uns. Wir haben uns wirklich gut verstanden. Sebastian, einen Grafikdesigner aus Deutschland, fand ich besonders interessant, und nach zahlreichen gemeinsamen Abendessen, Tanzclubs und Drinks sind wir noch immer die besten Freunde.»

Weil sich die Angehörigen der Blutgruppe 0 zu vielen Menschen hingezogen fühlen, sind sie die geborenen Teamspieler. Sie sind bereit, mit anderen zusammenzuarbeiten, um gemeinsame Ziele zu erreichen, was für Mannschaftssport wie Fußball, Basketball und Baseball äußerst wichtig ist. Ob Amateur oder Profisportler, die Vertreter der Blutgruppe 0 fügen sich besonders gut in Teams ein, für die ein strukturiertes Zusammenspiel und eine wechselseitige Abhängigkeit ausschlaggebend sind. Wie Sportpsychologen betonen, agiert ein erfolgreiches Team als Gruppe, nicht als eine Reihe von Einzelpersonen. Angehörige der Blutgruppe 0 sind von Natur aus eher «wir-orientiert» als «ich-orientiert». Der Vertreter der Blutgruppe 0 empfindet die Ziele des Teams als unsere Ziele – und nicht als «meine

Ziele» oder, was noch schlimmer wäre, als «deren Ziele».

Weil die Angehörigen der Blutgruppe 0 Aktivitäten zum Spaß wählen und nicht deshalb, weil sie ihnen irgendwelche Vorteile verschaffen, haben sie auch eine gesunde Einstellung zum Sport. Während die Vertreter der Blutgruppe B oft *extern motiviert* sind – durch den Status, die Medaillen, die Trophäen –, treiben die Angehörigen der Blutgruppe 0 im allgemeinen Sport, weil es ihnen Spaß macht. Das Vergnügen, das ihnen ein Spiel bereitet, macht sie häufig zu hartnäckigeren Sportlern. Während die Vertreter der Blutgruppe A und B oft aufgeben, wenn sie ihr Ziel nicht erreichen, machen die Angehörigen der Blutgruppe 0 aus Interesse und Begeisterung weiter.

Alles in allem geht es den Vertretern der Blutgruppe 0 bei ihren Freizeitbeschäftigungen in erster Linie um Spaß. Ob sie fernsehen oder Videospiele spielen, sie wollen unterhalten werden. Die Angehörigen der Blutgruppe 0 begeistern sich für die schier endlosen Unterhaltungs- und Kommunikationsmöglichkeiten des Cyberspace. Auf einer Party kann man nur zehn oder fünfzehn Leute treffen, im Cyberspace Tausende. Keiko sagt, daß sie den Chat-

Gruppen im Internet geradezu verfallen ist. Sie erklärt, daß sie in den vergangenen Jahren im Cyberspace viele Freunde gefunden hat, mit denen sie regelmäßig Verbindung aufnimmt: «Vor fünf Jahren bekam ich meinen ersten Computer, und es war Liebe auf den ersten Blick. Ich habe bereits mein zweites Gerät, und ich denke daran, mir in etwa drei Monaten, wenn die Preise wieder fallen, ein neues, schnelleres zuzulegen. Mein ganzes Leben lang war ich ein Fernsehfan – vergiß es! Mit meinen neuen, interaktiven CD-ROMs und den Chat-Gruppen, denen ich angehöre, weiß ich, was ich mache, wenn ich Unterhaltung suche. Ich bin süchtig nach diesen Chat-Gruppen, also begrenze ich meine Zeit dafür, aber im Internet ist einfach so viel los! Und vieles von dem Zeug ist gratis. Ich weiß nicht, ob das so bleiben wird, aber solange es andauert, werde ich es maximal nutzen!»

Die Blutgruppe AB

Die Angehörigen der Blutgruppe AB werden häufig als Dilettanten beschimpft. Freunde und Familie sind überrascht darüber, wie schnell

Vertreter der Blutgruppe AB Hobbys aufgreifen und wieder fallenlassen können. Doch was wie extreme Oberflächlichkeit aussieht, ist in Wirklichkeit der Unternehmungsgeist der Blutgruppe AB. Die Freizeit ist eine Zeit der Selbstdarstellung, der Selbstfindung, des Kreativseins. Der Angehörige der Blutgruppe AB muß alles ausprobieren, bevor er sich für eine Aktivität entscheidet und dabei bleibt.

Sobald die Vertreter der Blutgruppe AB die perfekte Freizeitbeschäftigung finden, werden sie süchtig danach.

Wie die Angehörigen der Blutgruppe B werden auch die Angehörigen der Blutgruppe AB, wenn sie ihr ideales Hobby finden, zu Experten; viele machen ihr Hobby zu ihrem zweiten Beruf. Die Vertreter der Blutgruppe AB brauchen, mehr als andere Blutgruppen, ein Ventil für ihre Kreativität. Wenn ihnen das der Beruf nicht bietet, dann machen sie vielfach ihre Freizeit zum Mittelpunkt des Tages. Anderen Blutgruppen dient die Freizeit vielleicht nur der Erholung, dem «Auftanken», so daß sie mit neuer Energie zur Arbeit zurückkehren können, doch für viele Angehörige der Blutgruppe AB hat die Freizeit einen hohen Stellenwert – manchmal einen höheren als die Arbeit.

Boris, ein Vertreter der Blutgruppe AB, Ende zwanzig, sagt, daß er seine Arbeit zwar mag, aber daß ihm sein Hobby, moderner Tanz, wichtiger als seine Karriere bei einer Anwaltskanzlei ist. Seit er vor vier Jahren mit dem Tanzen begonnen hat, hat er alle anderen Freizeitbeschäftigungen aufgegeben und das Tanzen zu seinem Mittelpunkt gemacht: «Meine Leidenschaft gilt dem modernen Tanz; ich studiere die Graham-Technik. Ich tanze zwei Stunden am Tag, manchmal drei, obwohl ich achtundzwanzig bin und relativ spät begonnen habe, so daß ich wohl nie beruflich tanzen werde. Ich bin Buchhalter in einer Anwaltskanzlei. Ich habe den Job bei dieser Firma angenommen, weil die Arbeitszeit flexibel ist. Ich kann am Abend arbeiten, so daß ich am Morgen Tanzstunden nehmen kann. Um Ihre Frage zu beantworten: Ja, mein Hobby *ist* mir wichtiger als mein Job. Ich würde niemals einen Job annehmen, der mein Tanzen behindern würde. Es begann ganz zufällig. Ich hatte einen Autounfall, und der Arzt schickte mich zu einer Tanztherapie, um meine Rückenmuskeln zu stärken. Ich war von der ersten Stunde an begeistert! Innerhalb von sechs Monaten verließ ich Michigan, weil ich in den Graham-Studios

in New York Unterricht nehmen wollte. Ich
habe das Gefühl, ich habe im Tanz zu mir selbst
gefunden. Er hat sich stark auf mein ganzes
Leben ausgewirkt.»

Boris sagt im weiteren, daß es viele verschiedene Facetten an seiner Freizeitbeschäftigung
gibt, die ihm Spaß machen. Um seine Technik
zu verbessern, nimmt er auch Ballett- und Jazztanzstunden. Und er trainiert in einem Fitneßstudio, um seinen Oberkörper zu stärken: «Es
ist nicht nur der Tanz, ich genieße all die Dinge,
die damit zu tun haben, wie etwa mit anderen
Tänzern Kaffee zu trinken, ins Theater zu gehen, um eine Aufführung der Truppe zu sehen
– das ist wirklich phantastisch, denn im Rahmen von Workshops habe ich schon viele der
Stücke studiert.»

Wie alle Angehörigen der Blutgruppe AB
liebt Boris Ordnung und System. Für ihn hat
der Tanz, wie die Buchhaltung, strenge Regeln.
Entweder macht man es richtig oder gar
nicht.

Wenn die Angehörigen der Blutgruppe AB
etwas tun, dann vertiefen sie sich rasch ganz
darin. Wie in Boris' Fall engagieren sie sich besonders intensiv. Selbst einfache, alltägliche Tätigkeiten, wie etwa fernsehen, verrichten die

Vertreter der Blutgruppe AB aktiv und intensiv. Sie wechseln unaufhörlich das Programm, aber sobald sie auf eine Sendung treffen, die sie wirklich sehen wollen, dann schenken sie ihr ihre ganze Aufmerksamkeit. Ob das nun ein Film ist, eine Nachrichtensendung oder eine Talk-Show – der Angehörige der Blutgruppe AB lehnt sich nicht zurück und läßt sich berieseln, sondern geht auf das Programm ein. Was zählt, ist nicht die Dauer seiner Freizeit, sondern deren Qualität und Intensität.

Weil AB-Typen einen guten Blick für Details haben und rasch auf Änderungen in ihrer Umgebung reagieren, sind sie in schnellen Mannschaftssportarten wie Hockey, Basketball und Fußball besonders gut. Sie sind den geringsten externen Signalen gegenüber sehr empfindsam und können sich gut konzentrieren und die Unmengen an Informationen, die während eines solchen Spieles von allen Seiten auf sie einströmen, rasch verarbeiten: die Position ihrer Gegner, der nächste Schritt ihrer Teamkameraden, die mögliche Richtung des Balles.

Weil sie schnell und sensibel reagieren, können die Vertreter der Blutgruppe AB auch gut mit Maschinen umgehen. Wie die Angehörigen der Blutgruppe B betrachten auch die Vertreter

der Blutgruppe AB Maschinen, von Haushalts-
geräten bis hin zu leistungsfähigen Computern, als ausgezeichnete Hilfsmittel für das,
was sie tun. Wegen ihres komplexen Wesens
haben Angehörige der Blutgruppe AB auch
eine komplexe Einstellung zu Software. Sobald
sie einmal ihrem Computer verfallen sind, können sie kaum widerstehen: Sie erklären sich oft
selbst zu *Programm-Fetischisten* – wenn ein Programm auf dem Markt ist, müssen sie es haben.
Die Vertreter der Blutgruppe AB suchen immer
wieder nach dem perfekten Programm, mit
dem sie unter Garantie noch mehr aus ihrem
Computer herausholen können. So viele Pro-
gramme wie möglich zu besitzen symbolisiert
für sie das Potential dessen, was ein Computer
leisten kann.

John, unser Professor für vergleichende Literatur, sagt, daß der Computer für ihn sowohl
bei der Arbeit als auch in der Freizeit eine zentrale Position einnimmt. Er erklärt, daß es für
ihn wichtig ist, mit der Technologie Schritt zu
halten – er kann einem neuen Programm oder
einem neuen Gerät nicht widerstehen:

«Wir Geisteswissenschaftler haben uns erst
spät mit dem Computer befaßt – viele unserer
Studenten hinken noch hinterher. Für mich be-

deutet der Computer eine gewaltige Veränderung. Dinge, für die ich früher Wochen brauchte, kann ich jetzt in einer Stunde erledigen! Ich mache alles mit Hilfe meines Computers. Ich organisiere meine Vorlesungen, schreibe Artikel und Bücher und schicke E-Mails an meine Freunde und Kollegen auf der ganzen Welt. Ich gehöre keinem Diskussionsforum an, aber ich schaue mir gern die Homepages an, die mit Literatur zu tun haben. Wenn man irgendein Gerät besitzt, dann sollte man es meiner Meinung nach auch beherrschen. Kurz gesagt, Wandern und mein Computer sind meine beiden Hobbys. Und was meine Hobbys betrifft, halte ich mich nicht zurück. Ich fliege regelmäßig auf ein langes Wanderwochenende nach Europa, und wenn es eine neue Software oder ein Upgrade gibt, bin ich der erste, der es sich kauft. Seit Mitte der achtziger Jahre habe ich ungefähr alle drei Jahre einen neuen und besseren Computer gekauft. Meine alten Computer schenke ich den Studenten.»

Nachwort

Die Blutgruppenforschung geht heute immer weiter, denn die Hämatologen sind dabei, Hunderte von Faktoren innerhalb jeder Gruppe zu bestimmen. Der Zusammenhang zwischen Blutmerkmalen und der Psychologie wird immer eingehender erforscht. Dieser ganze Wissensbereich beginnt erst, sich im Westen auszubreiten. Jeder Aspekt des menschlichen Denkens und Handelns wird studiert – selbst die Linkshändigkeit, Angewohnheiten wie Rauchen und Trinken. Deshalb werde ich mit meiner Arbeit fortfahren, wobei ich einerseits die neuesten wissenschaftlichen Erkenntnisse im Auge behalte und andererseits den Menschen helfen möchte, sich selbst besser zu verstehen.

Danksagung

Ich möchte all jenen danken, die dieses Buch möglich gemacht haben, insbesondere den Angehörigen der verschiedenen Blutgruppen, mit denen ich sprechen konnte. Ihre offenen, interessanten und aufschlußreichen Gespräche waren enorm nützlich. Ihre Beiträge haben dem vorwiegend wissenschaftlichen Material den menschlichen Hintergrund gegeben.

Ganz besonders möchte ich Burton Pike für seine Hilfe, seine Inspiration und seinen Rat danken sowie meiner Agentin Jessica Wainwright, die mich dazu ermutigt hat, dieses Buch zu schreiben. Auch meiner Redakteurin, Danielle Perez, bin ich für ihre Hilfe und Unterstützung außerordentlich dankbar.

Außerdem möchte ich Mark Peterson danken, der mich bei der Beschreibung der Blutgruppe 0 beraten und unterstützt hat.